千日子

눈의 아이

옮긴이 김욱

언론계 최일선에서 오랫동안 활동했다. 현재는 인문, 사회, 철학, 문학 등 다양한 분야의 서적들을 탐독하며 사유의 폭을 넓히고 있다. 지은 책으로는 『탈무드에서 마크 저커버그까지』, 『성공한 리더십, 실패한 리더십』, 『관리자 성공학』 등이 있으며, 옮긴 책으로는 『죽음이 삶에게』, 『당당하게 늙고 싶다』, 『지적 생활의 발견』, 『인간의 벽』, 『지로 이야기』, 『데르수 우잘라』, 『천상의 푸른빛』, 『황천의 개』 및 마쓰모토 세이초의 『미스터리의 계보』, 『푸른 묘점』 등이 있다.

CHIYOKO
by MIYABE Miyuki
Copyright © 2011 MIYABE Miyuki
All right reserved.

Originally published in Japan by Kobunsha Co., Ltd., Tokyo.
Korean translation rights arranged with OSAWA OFFICE, Japan
through THE SAKAI AGENCY and SHINWON AGENCY CO.

이 책의 한국어판 저작권은 THE SAKAI AGENCY와 신원 에이전시를 통해 MIYABE Miyuki와의 독점계약으로 도서출판 북스피어에 있습니다.
저작권법에 의해 한국 내에서 보호를 받는 저작물이므로 무단전재와 무단복제를 금합니다.

* 이 도서의 국립중앙도서관 출판시도서목록(CIP)은 e-CIP홈페이지(http://www.nl.go.kr/ecip)와 국가자료공동목록시스템(http://www.nl.go.kr/kolisnet)에서 이용하실 수 있습니다.(CIP제어번호: CIP2013000496)

Miyabe World

눈의 아이

미야베 미유키 지음
김 욱 옮김

북스포

차례

★

1 _ 눈의 아이   007

2 _ 장난감   033

3 _ 지요코   057

4 _ 돌베개   077

5 _ 성혼   125

역자 후기 및 미미여사 현대물 깔때기   205

★

★ 눈의 아이

01

* 일러두기 : 본문의 모든 주는 옮긴이 주입니다.

특별한 감상에 사로잡힌 건 아니다. 그리움을 느낀 것도 아니다. 만나고 싶은 얼굴을 떠올린 것도 아니다. 아무런 이벤트도 일어나지 않을 주말을 맞이하고, 그냥 흘러가게 내버려 두는 건 오랫동안 질리도록 반복했다. 아무 데나 좋아, 모임만 있다면 어디라도 좋아. 그렇게 생각했을 뿐이다.

자동응답기에 녹음된 메시지는 상대방이 주위 소음에 지지 않으려고 한껏 소리 지르는 바람에 알아듣기 힘들었다. 그래도 나는 상대가 이름을 밝히기 전부터 야스시, 야마노 야스시임을 알았다. 급하게 말하는 버릇은 어렸을 때나 지금이나 달라진 게 없다.
"저, 마에다 유카리지? 전화번호 안 틀렸겠지? 이 번호는 마사코가 가르쳐 줬어. 우베 마사코 말이야. 요즘은 걔도 '마코 선생님'이라고 불린다며? 무슨 일을 하는지는 모르겠지만."

웃고 떠드는 사람들 환호성이 배경음처럼 들린다. 아무래도 술집에서 전화를 한 모양이다.

"마코에게 들었겠지만, 마나베 초등학교가 통폐합이라나 뭐라나 해서 폐교하게 되었대. 그래서 학교 건물이 없어지기 전에, 어쨌든 육 년 내내 붙어 다닌 우리 넷이서 자리를 만들어야 한다고 할까, 한잔해야 한다고나 할까. 어때? 우리 가게에서."

우리 가게에 유독 힘이 실렸다. 이 시끄러운 전화도 '우리 가게'에서 걸었을까. 야스시네 집은 메밀국수 가게였을 텐데, 하고 멍하니 생각에 잠겼다.

"자세한 얘기는 마코가 또 전화할 거야. 일단은 그렇게 알고 있어! 오랜만이라 기대된다. 그럼 끊는다."

메시지가 끝나고 기계음이 말했다.

"첫 번째 메시지. 일월 팔일, 오후 아홉시 이십분."

방은 추웠다. 벽시계에 달린 온도계는 섭씨 사 도를 가리킨다. 잔업을 끝내고 집에 돌아왔더니 자동응답기 램프가 깜빡이고 있었다. 코트도 벗지 않고 보일러도 틀지 않은 채 재생 버튼을 눌렀다. 한겨울의 금요일이었다.

"메시지를 재생했습니다."

삐이 하는 신호음이 울리고 전화가 꺼졌다. 녹음된 것은 야스시의 메시지뿐이다.

한 시간쯤 지나서 전화벨이 울렸다. 이번에는 마사코였다.

"아, 잘됐네. 집에 왔구나." 여느 때처럼 명랑한 목소리로 말했다. "저녁부터 몇 번인가 걸었는데 계속 집에 없더라구. 금요일이라서 그랬지?"

"잔업이 있었어."

아홉시 넘어 야스시에게서 전화가 왔다고 이야기했다.

"미안해. 멋대로 전화번호 가르쳐 줘서. 그 녀석이 보통 질겨야지."

"괜찮아. 어차피 곧 끊을 전화니까."

휴대전화만 있으면 충분하다. 매달 빠져나가는 기본요금도 무시할 수 없다. 따로 사는 부모님은 두 분 모두 귀가 어두워서 통화 품질이 떨어지는 휴대전화를 싫어하신다. 그래서 어쩔 수 없이 장식품이나 다름없는 유선 전화기를 놓았다. 자동응답기의 메시지 램프가 깜빡이지 않아도 연연하지 않았던 건 나한테 용건이 있는 사람은 모두 휴대전화로 걸어왔기 때문이다. 모두, 그들 모두가.

"마에짱, 어때? 네 명이 모인다는데 괜찮겠어?"

마사코는 어렸을 때처럼 지금도 나를 '마에짱'이라고 부른다. 그 말을 들을 때마다 오랫동안 이어 온 친구들과의 관계에서 그 호칭을 되돌아볼 기회가 한 번도 없었음을 떠올린다. 나는 여전히 부모님의 성을 따르고 있다. 마사코처럼 '선생님'이라는 대접도 못 받는다. 누구의 엄마도 되지 못했다. 회사에서는 그럴듯한 관리직으로 진급하지도 못했다. 내 돈 들여 만든 명함도, 사업도 없다.

우리 가게. 자랑스레 말하던 야스시의 목소리가 귀에 남는다. 한잔해야 한다고나 할까, 어때, 우리 가게에서? 곱셈도, 나눗셈도 제대로 못하고, 구구단 암송 시험을 네 번이나 다시 치른 야스시의 '우리 가게'.

대답하지 않자 마사코가 여보세요, 여보세요, 하고 나를 찾는다. 그리고 문득 정신을 차렸을 때 나는 그동안 생각조차 하지 않았던 이름을 꺼내고 있었다.

"네 명이 아니었어. 다섯 명이었지. 유키코가 있잖아."

내가 한 말에 내가 놀랐다. 하지만 그 놀라움은 마사코에게 전해지지 않은 모양이다. 마사코는 조용한 목소리로 대답했다.

"그래, 우리는 다섯 명이었지. 그랬구나. 마에짱도 유키코를 생각하고 있었구나. 나도 그래. 다음 달 일일이면 꼭 이십 년째야. 유키코한테 그런…… 그런 일이 생긴 지도."

살해된 지. 마사코가 돌려 말한 사실을 나는 가슴속에서 되새겼다. 목이 졸려 살해돼 길가에 버려진 지 어느덧 이십 년. 우리 모두는 서른두 살이 되었다. 하시다 유키코만이 지금도 열두 살이다.

그러고 보니 나는 유키코의 무덤에 찾아간 적이 한 번도 없다. 무덤이 어디에 있는지도 모른다. 경찰 수사가 제대로 진척되지 못한 채 몇 달이 지났을 때였다. 유키코의 동급생들이 중학교 교복을 입고 돌아다니는 것을 보기 괴롭다면서, 유키코의 부모님은 외동딸의 영정사진을 끌어안고 다른 곳으로 이사했다. 이웃들 중 누구도 행선지를 묻지 않았다. 솔직히 말해, 모두 유키코의 가족이 시야에서 사라지자 가슴을 쓸어내렸을 것이다. 우리 엄마는 아주 노골적으로 그런 안도감을 표현했다.

—장 보러 가다가 유키코 엄마와 마주치면 무슨 표정으로 무슨 말을 해 줘야 좋을지 몰라서 괴로웠어. 오죽하면 길모퉁이로 피해 다녔다니까. 이젠 그런 데까지 신경 안 써도 되겠구나.

유키코를 죽인 범인은 멀쩡히 돌아다니고 있다. 그에 대한 불안보다도, 딸을 잃어버린 이웃의 비탄에 젖은 얼굴을 가까이서 봐야 한다는 사실이 더 꺼림칙하다. 제삼자의 본심이란 그런 것임을 엄마로부터 배웠다.

그런 엄마에게 나는, 유키코는 내 소중한 친구였어, 그렇게 말하지 마! 하고 반발하지 않았다. 나는 그런 아이가 아니었으니까. 보는 눈이 없는 집 안에서 그런 퍼포먼스로 엄마와 충돌하는 건 어리석다고 생각했기 때문이다. 그 나이에도 제법 계산을 할 줄 아는 아이였다.

그래서인지 나는 줄곧 우등생이었다.

"다음 주 금요일인데, 올래? 결산인지 뭔지 해서 은행은 월말, 월초가 바쁘다며."

마사코가 묻는다. 괜찮아, 갈 수 있을 거야, 라고 대답했다.

"그래? 잘됐다! 나도 마에짱이 안 간다고 하면 가기 싫었거든. 스기지는 그렇다 쳐도 야스시는 여전히 덜렁거리니까."

스기지. 스기야마 지로의 별명이다. 우리 다섯 중 두 번째 남자아이. 유키코와 같은 단지에 살았던 남자아이. 유키코와 가장 사이가 좋았던 남자아이.

나 같은 건 전혀 돌아보려 하지 않았던 남자아이.

"스기야마도 온대? 오랜만이네."

또렷이 되살아난 오래된 기억을 무시하듯 일부러 아무렇지 않게 대꾸했다.

"요즘은 어떻게 지낸대? 마코 말고는 동창들과 만난 적이 없어서 모르겠어."

"마에짱은 중학교 졸업하고 이사해서 더 그렇지. 스기지는 잘 지내. 부모님이 지금도 그 단지에 살고 계셔서 가끔씩 이쪽으로 내려와. 나도 길에서 몇 번 봤어."

"손자 얼굴이라도 보여 주러 들르나 보지?"

"손자? 아, 스기지의 아이? 사정은 잘 모르겠는데 이혼한 모양이더라. 아이는 없지 않을까."

잠시 동안이지만 마음이 들떠 오른 내가 한심했다. 중학교를 졸업하고 한 번도 만나지 못한 상대다.

"아이라면 야스시지. 아들 하나, 딸 하나. 제법 아빠답게 변했어." 마사코는 킥킥거리며 웃었다. "그 녀석이 이번에 모이자고 나서는 것도 자기 가게랑 아내랑 귀여운 두 아이를 자랑하려고 그러는 걸 거야."

야스시 가게의 위치를 물어보고 약속 시간을 확인했다. 동네가 예전과는 많이 달라졌다며, 까딱 잘못했다간 마에짱 미아가 될지도 몰라, 하고 마사코는 웃었다. 그러고는 아이 같은 말투로 덧붙였다.

"만약에 눈이라도 내린다면 말이야, 눈이 내린다면 그건 유키코의 눈이야. 기억하고 있어? 걔 정말 피부가 희었잖아. 그래서 선생님도 유킹코_일본에 전해지는 어린아이 모습을 한 눈의 정령_의 유키코라고 부른 적이 있었어."

그랬지, 하고 대답하면서 생각했다. 유키코의 눈. 그래, 마사코가 말한 대로였다. 하지만 그렇게 연상이 된 건 유키코의 피부가 무척 희었기 때문만은 아니다. 이십 년 전 그날, 유키코의 시체가 전날 내린 폭설로 쌓인 눈 속에서 발견됐기 때문이다. 왜 마사코는 그걸 기억하지 못하는 걸까, 신경 쓰지 않는 걸까? 그런 상념에 잠겨 있는 사이에 마사코는 가볍게 인사를 던지며 전화를 끊어 버렸다.

약속한 날이 되자 정말로 눈이 내렸다.
아침에는 차가운 비가 내리다가 정오가 조금 지날 무렵부터는 알갱이가 큰 함박눈이 되었다. 그러다 가랑눈으로 바뀌면서 본격적으로 쏟아지기 시작했다. 도쿄에서 몇 년 만에 십 센티미터에서 십오 센티미터가량의 적설량이 예상되오니 출근길에 나서는 시민들과 학생 여러분은 교통 정보에 주의해 주시고요, 미끄러지지 않도록 각별히 유의하십시오—. 기상캐스터의 친절한 충고가 이어진다. 텔레비전 방송국의 오픈스튜디오 밖에서는 구급차가 지나간다.
나는 레인부츠를 신고 있어서 발밑이 불안하진 않았다. 그래도 마음은 무거웠다. 유키코의 눈. 기분 나쁜 일이 떠오른다. 마사코는 어렸을 때와 변한 게 없다. 서정적인 상상력과 그와는 대비되는 무신경.
역으로 가면서 이대로 그냥 집으로 가자, 야스시에겐 나중에 전화로 핑계를 대지뭐, 라는 유혹에 빠졌다. 어렸을 때 살았던 동네는 지금 도심을 기준으로 내가 살고 있는 작은 집과 반대 방향이다. 전철도 반대편 노선이다.

지하철 플랫폼으로 내려가자 야스시네 집으로 가는 열차가 먼저 도착했다. 우리 집으로 가는 열차는 방금 떠난 것 같다.

결국 먼저 도착한 열차에 타고 말았다.

내가 이 동네에 살던 무렵에는 존재하지 않았던 지하철역에서 내렸다. 그리워야 할 거리는 낯설기만 했다. 택시를 잡으려고 주변을 둘러봤지만 한 대도 지나가지 않는다. 하는 수 없이 마사코가 가르쳐 준 경로대로 미심쩍은 기억에 의지해 걷기 시작했다. 가늘고 차가운 눈이 끊임없이 내려 가뜩이나 낡은 지리적 감각을 엉클어 버렸다. 바람이 불지 않는 게 그나마 다행이었지만, 한 번씩 발길을 멈춰 우산과 코트 어깨에 쌓인 눈을 털어내고 양손에 입김을 불어야 했다.

걷다 보니 테두리가 빨갛게 녹슨 공장 간판과 트럭회사 주차장, 공영단지 등 기억에 있는 광경이 눈에 들어왔다. 그제야 길을 잘못 들어섰다는 것을 알았다. 야스시 가게로 이어진 길에서 골목 하나만큼 서쪽으로 가고 있다. 기울어진 스쿨존 표지판이 눈에 파묻힌 것을 보고서야 왜 길을 잘못 들어서게 되었는지 이유를 알았다.

이 길은 예전에 다니던 통학로다. 마나베 초등학교에 가기 위해 육 년 동안 매일처럼 다닌 길이다. 내 발이 멋대로 그 길을 따라가고 있었다.

그리고 유키코의 시체가 발견된 곳도 이 통학로 중간에 있다.

커다란 택시미터기 검사장 건물 뒤쪽. 바람에 날려 어른 키만큼 쌓인 눈. 검사장 직원은 통행로를 확보하기 위해 눈을 치워야겠다고 생각했을 뿐이었다. 동네 주민이 아니었던 그는, 마나베 초등학교 6학년 하시다 유키코라는 소녀가 전날 저녁부터 귀가하지 않았다는 것과 부모가 경찰에 신고했다는 것, 동네 주민회에서 수색대를 만들었다는 것을 전혀 몰랐다. 그저 삽으로 눈을 퍼냈을 뿐이다. 그리고 눈 밑에, 빨간 파카에 빨간 머플러를 두르고 빨간 고무장화를 신은 소녀가 책가방을 옆에 두고 반듯하게 누워 있는 것을 보게 되었다.

─처음에는 인형이라고 생각했대.

어디선가 들은 소문을 엄마가 말해 주었다.

─커다란 인형 말이야. 크고 시원스러운 눈에 피부가 하얘서, 빨간 파카가 잘 어울렸다는구나.

시체가 경찰서로 옮겨지고 유키코는 자신의 머플러에 목이 졸려 살해되었다고 판명 났다. 빨간색 타탄체크_{선의 굵기가 다른 서너 가지 색을 바둑판처럼 엇갈려 놓은 스코틀랜드 전통 무늬} 머플러에 어찌나 강하게 목을 졸렸던지, 머플러가 살을 파고들어 그대로 얼어붙었다고 한다.

얼굴에 눈이 떨어질 때마다 사락사락 소리가 났다. 나는 그 소리를 들으며 묵묵히 길을 걸었다. 지나가는 사람들과 어깨가 스치고 맞닿은 우산에서 눈이 툭 떨어져도 시선을 들지 않았다. 쌓인 눈에 레인부츠 발끝이 푹 하고 숨는다. 발을 딛는 장소에 따라서는 복사뼈까지 파묻힌다. 오늘 밤에는 더 내릴 것이다. 더 많이 쌓이겠지. 눈이 바람에 휘날려 그곳에 쌓일 때까지. 이건 유키코가 내리는 눈이니까.

택시미터기 검사장 외벽은 칙칙한 회색이다. 군데군데 금이 가고 얼룩이 보인다. 변한 게 없다. 이십 년 전에도 지금처럼 똑같이 낡았었다. 나이를 먹은 것은 나뿐이고, 벽은 늙지도 않고 그대로다.

그 무렵에는 이 건물 뒤편에 정원인지 공터인지 알 수 없는 좁은 풀밭이 있었다. 계절마다 온갖 꽃이 피었고, 가끔은 청개구리도 잡혔다. 우리에게는 숨바꼭질을 하며 놀기에 안성맞춤인 장소였다. 그곳에 가려면 검사장 건물과 그 옆의 사 층짜리 아파트 사이에 난 좁은 틈새를 빠져나가야 했는데, 몸집이 작은 아이들에겐 손쉬운 일이었다. 봄이 절정일 때 건물 틈새를 빠져나가 민들레와 유채꽃이 가득 핀 풀밭으로 달려 나간다. 마치 별세계에 발을 디딘 것 같은 즐거움이 가득했다.

나는 여기서 마코와 놀고 유키코와 놀았다. 유채꽃으로 꽃다발을 만드는데 야스시가 와서 이 꽃은 먹을 수 있다면서 마구 뜯어먹어 싸우기도 했다. 책도 자주 읽었다. 치마가 더러워지지 않게 조심하면서 폭신폭신하게 풀이 난 곳에 앉아 한 권의 책을 교대로 소리 내어 읽었다. 유키코는 공부를 잘 못했지만, 책 읽기는 정말 잘했다. 어려운 한자도 술술 읽었다. 반면에 마코는 히라가나에서도 막힐 때가 있었다. 마코가 책을 읽을 때는 정말 웃겨서 듣고 있으면 내용과는 상관없이 웃음이 터졌다. 너무 크게 웃고 떠들다가 미터기 검사장에서 일하는 아저씨들에게 들키기도 했다. 아저씨들은 이층 창문을 열고 우리에게 소리를 질렀다. 다행히 아이들을 좋아하는 수위 아저씨가 한 분 계셔서 조용히 노는 건 괜찮다 눈감아주는 일이 많았다. 종이에 과자와 귤을 싸서 우리에게 주기도 했다.

―아직 해가 있을 때 집에 가렴. 여긴 다섯시면 문을 닫으니까. 그 전에 나가야 해.

수위 아저씨는 입버릇처럼 그렇게 말했다.

딱 한 번 아저씨가 얼굴이 빨개질 정도로 화를 낸 적이 있다. 5학년 여름이었다. 스기지가 건물 벽에 자란 담쟁이덩굴을 붙잡고 이층까지 올라갈 수 있다며 정말로 이층 창틀 밑까지 기어 올라갔다가 아저씨에게 들켰다.

―너희 몸은 너희 게 아냐. 너희가 다 클 때까지는 아버지, 어머니 것이란 말이다. 멋대로 굴다가 다치기라도 하면 큰일 나는 거야, 알겠어?

우리는 울상을 짓고 고개를 푹 숙였다. 스기지의 얼굴은 하얘졌다. 야스시는 입을 뾰족하게 내밀며 씰룩였다. 마코는 땋아 내린 머리를 잡아당겼다. 유키코는 수위 아저씨에게 사과했다. 다시는 위험한 짓 하지 않을게요, 아빠와 엄마에게 받은 몸을 소중히 할게요.

그렇게 약속한 유키코가 다른 곳도 아닌 여기서 죽었다.

"마에짱."

나를 부르는 목소리에 불쑥 고개를 들었다. 추억으로 흐려진 시야가 현실로 돌아왔다.

나는 멋없이 선 철제문 곁에 서 있었다. 미터기 검사장 건물은 변하지 않았지만, 이웃 아파트는 개축되어 있었다. 건물 뒤쪽 풀밭으로 가는 틈새를 이 문짝이 가로막았다.

"마에짱도 여기 들렀네."

하얀 입김을 뱉으며 마코가 사박사박 눈을 밟고 달려왔다. 질 좋은 코트에 따뜻해 보이는 손뜨개 모자를 썼다. 긴 머리는 하나로 묶어 한쪽 어깨에 늘어뜨렸다. 장신구처럼 머리에 눈이 잔뜩 붙어 있다.

"이런 문짝이 언제 생겼지?"

손가락으로 철제문에 쌓여 있는 눈을 쓸어내며 마코에게 물었다.

"기억 안 나? 그 사건이 일어나고 바로 만들었잖아. 아이들이 함부로 들어가지 못하게 한다면서." 그렇게 말하고 추운 듯 눈을 깜빡이며 건물 틈새로 저편을 바라본다. "아이들을 노린 변태가 들어가지 못하도록."

"나는 몰랐어."

"사건이 터지고부터 쭉 여기로 못 지나가게 했잖아. 그런데 이 문짝 잘 부서진대. 벌써 여러 번 고쳤다고 들었어. 왜 그런지는 모르겠지만."

목구멍까지 말이 치밀어 올랐다.

―이 문이 있어서 여기 갇혀 버리니까, 유키코는 그게 싫었던 게 아닐까?

"마에짱, 춥지? 빨리 가자."

마코가 내 등을 부드럽게 떠민다. 나는 다시 걷기 시작했다. 두세 걸음 가다가 뒤를 돌아보자 그 바람에 우산에서 눈이 떨어졌다. 철문을 바라보았다. 문고리는 제대로 채워져 있다.

"왜 그래?"

마코의 질문이 하얀 입김이 되어 공기 중에 흩어진다. 나는 가만히 미소 짓고는 다시 앞장섰다.

야스시는 스물두 살에 부모님으로부터 메밀국숫집을 이어받았다. 그 후 곧장 가게를 개조해 낮에는 정식집, 밤에는 선술집 장사를 시작했다.

"처음에는 부모님도 크게 반대하셨는데 문 열고 일 년쯤 지나 지하철이 다니면서 근처에 회사랑 빌딩이 하나둘씩 들어서기 시작했어. 덕분에 대성공이었지. 메밀국숫집으로 밀고 나갔으면 카운터에서 입식으로 먹는 체인점들을 이기지 못했을 거야."

야스시는 기분이 좋아 보였다. 날씨 탓인지 가게는 한산했고, 근처에 사는 단골손님이 잠깐 들러서 눈 이야기를 하고 돌아가는 정도였다. 꼭 우리가 가게를 전세 낸 것 같았다.

여덟 명이 앉을 수 있는 카운터와 네 명이 앉는 손님방이 세 개. 작은 가게지만 따뜻한 분위기에 맛있는 냄새가 코를 자극한다. 찬장에 진열된 지역의 토산주 상표 중에는 다른 데선 들어 본 적도 없는 희귀한 것도 있다.

야스시의 아내는 우리와 같은 마나베 초등학교 출신으로 두 살 연하라고 한다. 옛날에는 지역 경찰 사이에서 유명한 비행소녀였다고 밝은 목소리로 말했다. 집이 생선 가게여서 생선 발라내는 일은 야스시보다 잘하지만 튀김이나 조림은 야스시에게 당하지 못하는 걸 보면 어쩐지 보통 집과는 반대예요, 하고 깔깔거린다.

추억은 시작부터 밸브를 활짝 열었다.

나는 손님방 구석에 마코와 나란히 앉아 있었다. 맞은편에는 스기지가 앉아 있다. 가끔 콧날 위에 올린 테 없는 안경을 추어올리며 야스시의 이야기와 마코의 농담에 옛날과 똑같은 미소로 화답했다. 야스시는 테이블과 카운터를 바삐 왕래하며 시끄럽게 떠들어 댔다. 저것 좀 먹어 봐, 이것도 마셔 봐, 이건 내가 자신 있게 만든 거야. 접시를 나르고, 잔을 옮기느라 잠시도 가만있지 못한다. 상기된 얼굴이 행복해 보였다.

여덟시쯤 야스시의 아내가 먼저 집으로 돌아갔다가 아이 두 명을 데려왔다.

"장남 마모루와 딸 미카예요."

수줍어하며 머뭇머뭇 웃고 있는 두 아이의 머리에 손을 올려 인사시켰다. 마모루는 초등학교 1학년, 미카는 유치원 졸업반이라고 한다.

"이제 이 닦고 잘 시간인데 자기 전에 마코 선생님 사인을 받고 싶다고 해서. 부탁드립니다, 라고 인사드려야지."

엄마가 등을 밀어도 주저하는 아이들에게 마사코가 다가갔다.

"반가워, 마모루, 미카. 둘 다 내 만화를 봐 주는 거야? 정말 기뻐. 고마워."

마사코는 이곳 상업고교를 졸업하고 곧바로 취직했지만, 취미로 그리던 만화가 인정받게 되면서 지금은 만화계에서 크게 성공했다. 유쾌한 동물 캐릭터가 등장하는 유아용 만화로 인기를 모으면서 상품도 다양하게 출시되었다. '마코 선생님'. 책을 읽는 아이들은 그렇게 부른다. 그게 지금의 그녀, 마사코의 인생이다. 우리 마코 선생님에게 응원 편지를 보내자. 마코 선생님 다음 연재에는 먹보 두더지 파쿠론이 나오나요? 마코 선생님은 등장인물 중에 누굴 제일 좋아하세요? 마코 선생님이 모두에게 보내는 크리스마스 선물, 캐릭터 상품과 사인이 들어간 색종이입니다—.

마코는 야스시의 아이들에게 좋아하는 캐릭터를 그려 주고 악수를 했다. 아이들은 눈을 빛내며 황홀해했다. 부모가 시키는 대로 안녕히 주무세요, 하고 인사했지만 흥분한 탓에 한동안 잠들지 못하는 건 아닐까.

"마코, 행복하구나."

야스시의 농담에 장단을 맞추기만 할 뿐, 별로 먼저 얘기를 하지 않던 스기지가 미소 지으며 마사코에게 말했다. 동경하는 듯한 부드러운 목소리가 내 마음을 차갑게 찔렀다.

"만화는 옛날부터 그렸던 거야? 난 전혀 몰랐는데."

야스시가 다시 손님방으로 올라왔다. 아이들도 재웠고 오늘 밤엔 손님도 없을 것이다. 본격적으로 마셔 보자는 뜻이다.

"열심히 그리기 시작한 건 고등학교에 입학하고부터야. 난 늦게 빛을 봤어. 고등학교에서 만화 동아리에 들어간 게 계기가 됐지."

"재능이 있었구나."

"글쎄, 운이 좋았지뭐." 마코는 토산주를 쭉 들이켰다. 기분 좋은 취기였다. "나와 야스시는 똑같아. 가게 한 채를 갖고 장사하는 거야."

"쳇, 그렇게 말하면 안 되지. 우리 가게 매상은 네 연간 수입보다 훨씬 적다구."

이런 모임에서 피할 수 없는 서로의 근황 보고다. 내가 은행에 다닌다는 것은 마코에게서 들었는지 야스시도, 스기지도 알고 있다. 야스시는 근처 지점으로 발령 나면 어렸을 때의 친분을 생각해서 잘 부탁한다고 말했다.

"나는 융자 담당도 아니고, 책임질 수 없는 약속은 못 해."

"뭐야, 재미없게. 그럼 융자 부서에 있는 높은 녀석을 남편으로 삼으면 되잖아. 그럼 쉽지?"

"자기 멋대로 말하기는."

"스기지는 어떻게 됐어? 회사 그만뒀다는 얘긴 들었는데."

스기지는 간사이에 있는 대학에 진학해 그대로 거기에서 취직하고 정착했다. 회사를 그만두고 도쿄로 올라온 지금은 도내의 컴퓨터 소프트 개발회사에 다닌다고 한다.

"말 나온 김에 물어보겠는데, 왜 이혼했어?" 야스시는 꽤 취해 있었다. "마누라가 미인이었다면서."

"그래, 맞아. 네 결혼식 때 우리가 축하 선물 잔뜩 들고 갔잖아."

스기지는 신경도 안 쓰인다는 듯 웃기만 했다. "야스시라면 내가 먼저 결혼 선물을 줬으니까 빚진 게 없어. 마코는 결혼할 때 제대로 갚을 테니까 그때까지 장부에 잘 달아 둬."

스기지의 결혼식에 나는 초대받지 못했다. 마코와 야스시가 초대받은 것도 몰랐다. 한 가지로는 특별한 의미가 없는 일도 두 가지 조건이 갖춰지면 의미가 발생한다. 나는 묵묵히 스기지의 얼굴을 보고 있었지만 그는 나를 보려 하지 않았다.

"성격이 안 맞았어." 스기지는 안경을 벗고 손수건으로 렌즈를 닦았다. "어느 쪽이 잘못했다고 탓할 일이 아니어서 쉽게 헤어졌지."

"사내 결혼이었지?"

"상사가 중매를 섰다며? 상황이 나빴군."

"어차피 그만둘 생각이었거든. 그 사람이라도 회사에 다닐 수 있어서 잘됐지뭐. 이 년 전에 재혼해서 벌써 아이도 있어."

"아니, 지금도 연락하는 거야?"

"연하장은 주고받아. 잘 지내고 있대."

스기지는 늘 이런 식이다. 자기보다 친구나 동료를 먼저 생각한다. 그가 자기 일로 화를 낸 것은, 그리고 자기를 주장한 것은 딱 한 번. 택시미터기 검사장의 담쟁이덩굴을 붙잡고 이층으로 올라갈 수 있다고 우겼을 때뿐이다.

"그럼 우리 중에 아이가 있는 건 나 하난가?" 야스시가 말했다. "말하기가 그래서 지금까지 말 안 하려고 했는데……."

"유키코 말이야?" 마코가 앞질러 물었다.

"응, 기억나?"

"당연하지. 내 만화에 유키코를 모델로 한 여자아이도 나와."

"그랬구나."

"오늘 이렇게 내리는 눈도 우연 같지가 않아. 우리가 여기 모여 있다는 걸 유키코도 알고 있는 건 아닌지. 나랑 마에짱도 여기 오기 전에 택시미터기 검사장에 들렀어."

스기지는 아무런 말없이 안경을 벗어 셔츠 가슴주머니에 걸쳤다. 어렸을 때는 안경을 쓰지 않았다. 유키코가 알고 있는 스기지는 안경을 쓰지 않았다. 그래서 유키코가 이야기에 등장하자 안경을 벗은 걸까, 하고 생각했다.

"아이가 생긴 후로 유키코 생각이 자주 나더라." 자세를 바로 하며 야스시가 말했다. "유키코만이 아냐. 유키코의 부모님이 얼마나 괴로웠을까, 하고……."

"범인은 아직도 안 잡혔어."

"이십 년이지? 시효는 한참 전에 지났어. 유키코를 죽인 놈이 아무렇지 않게 이 근처를 돌아다닌다고 생각하면 가끔씩 화가 나서 못 참겠다니까."

스기지는 잠자코 야스시의 빈 잔에 술을 따라 주었고, 야스시는 단숨에 들이켰다.

"살아 있었다면 지금쯤 어땠을까? 유키코 말이야." 마코가 그리워하듯 말했다.

"좋은 엄마가 되었을까? 아니면 멋진 커리어우먼이 되었을까?"

"걔가 공부는 못했어." 야스시가 웃으며 말했다. "한번은 성적표를 서로 바꿔 본 적이 있었는데 막상막하였지."

우리는 소리 내지 않고 웃었다. 야스시의 얼굴이 붉게 물들었다. 스기지는 줄곧 눈을 내리깔고 있다.

아이를 재운 야스시의 아내가 돌아왔다. 카운터 끝을 들어 올려 주방으로 들어가다가 어머, 하고 소리 높여 말했다.

"왜 그러니? 우리 집에 무슨 볼일이라도?"

우리는 일제히 입구 쪽으로 몸을 돌렸다. 미닫이로 된 유리 격자

문이 이십 센티미터쯤 열려 있다. 그 틈 사이로 눈이 들이쳐 가게 바닥을 하얗게 덮었다.

"이런 시간에 웬 꼬마 손님이." 야스시의 아내가 다시 카운터 끝을 올리며 나왔다.

"빨간 장화를 신었는데……."

야스시가 잽싸게 손님방에서 내려갔다. 마코가 팔을 쓰다듬으며 "빨간 장화?" 하고 작은 목소리로 말했다.

야스시는 가게 문을 열고 몸을 밖으로 내밀어 밖을 내다봤다. 주위를 두리번거리며, 어이구 추워, 하고 달달 떨었다.

"아무도 없……."

그렇게 말하던 야스시는 흠칫 놀란 듯 허리를 펴며 가게 안쪽으로 반걸음 물러났다. 왜 그래? 하고 이번에는 마코가 무릎걸음으로 나아갔다.

"이게…… 뭐지?"

야스시의 목소리가 낮아졌다. 마치 집 지키는 개가 이상한 낌새에 으르렁거리는 듯한 소리였다.

야스시의 아내가, 마코가, 스기지가 차례로 야스시 곁으로 달려갔다. 나는 손님방 끝자락에서 엉거주춤 무릎을 꿇고 앉아 네 사람의 등을 바라보았다.

"발자국이야!" 야스시의 아내가 외쳤다.

"이것 좀 봐, 우리 가게 앞까지 이어졌어!"

잠시 후 약간 떨리는 마코의 목소리가 들렸다. "아이 발자국이야. 아이들이 신는 장화 발자국이야."

한순간에 상황이 이해됐다. 누가 먼저 말하든 마찬가지겠지만, 야스시는 아무래도 자기가 말해야 한다고 생각한 모양이다.

"유키코가 왔어. 이건 유키코 발자국이야. 걔가 온 거야. 유키코가 와 줬어."

네 사람이 밖으로 나갔다. 당황한 와중에도 눈 위에 찍힌 발자국을 밟지 않으려고 조심했다.

나는 천천히 신발을 신고 그들을 따라 밖으로 나갔다. 가게 문 앞에서 아래를 보았다. 밖에서 들이친 눈이 하얗게 선을 그렸다. 이어서 문턱 너머를 본다.

어린아이 장화 발자국 같은 건 내 눈에 안 보였다. 보이는 것이라곤 네 사람의 어른이 찍어 놓은 구두 자국뿐이다. 다들 밟지 않으려고 애써 돌아간 곳엔 그저 새로 내린 하얀 눈이 쌓여 있다.

밖으로 나왔다. 마을의 밑바닥까지 밤이 차오른다. 그치지 않고 내리는 눈만이 어두운 밤, 유일하게 살아 있는 생명체처럼 빛을 내며 팔랑팔랑 내렸다.

"유키코!" 마코가 소리쳤다. "맞아, 유키코야! 저기 봐, 저 빨간 파카!"

네 사람은 고무장화 발자국을 따라 달렸다. 다음 모퉁이에 다다르자 야스시는 아내를 붙잡고 흔들며 물었다.

"봤지? 당신도 봤지? 그렇지? 그 앤 유키코야!"

야스시의 아내는 그의 팔에 매달려 온몸으로 끄덕인다. 마코가 맨 앞에서 달렸다. 스기지가 제일 뒤로 처졌다. 길모퉁이의 가로등 밑에 서서 천천히 다가오는 나를 돌아보았다.

"나도 봤어. 유키코였어. 좀 전에 잠깐 보였지? 빨간 파카를 입은 여자아이였어. 그날의 유키코와 같은 차림이야."

단조롭고 작지만 부드러운 말투다.

"쌓인 눈 속에서 나왔겠지. 유키코라면 거기에서 나왔을 게 분명해. 발자국이 지워지기 전에 따라가면 만나게 될지도 몰라."

나는 대답하지 않았다. 둘러봤지만 아무것도 보이지 않는다. 조그만 고무장화 발자국 같은 건 어디에도 없다.

"스기지에겐 발자국이 보여?" 내가 물었다.

대답 대신 스기지는 하얀 입김을 토하며 세 사람이 달려간 곳과 반대되는 쪽으로 시선을 돌린다. 나에게는 옆얼굴이 보였다. 스기지는 암송하듯 말했다.

"유키코의 부모님이 영매를 찾아간 적이 있어."

나는 얼굴에 내리는 눈을 손으로 닦았다.

"사건이 있고 십 년쯤 지나서 경찰도 이젠 수사를 포기한 것 같다고 체념했을 때야. 영매를 고용해서 현장에 데려갔지. 딸의 영혼을 불러내 범인이 누구인지 가르쳐 달라고, 누가 널 죽였냐고 물어보려고."

난 어머니에게서 들었어, 라고 덧붙이고 말을 이었다. "우리 집은 유키코 가족과 친하게 지내서 어머니도 걱정이 많으셨어. 영매가 어떤 인간일지 모르잖아. 나도 집에 돌아와 그 자리에 나갔지."

스기지는 잠시 말을 끊고 팔짱을 끼었다.

"유키코의 영혼이 나타났어?" 내가 물어보았다.

"아니." 스기지가 대답했다.

"유키코의 아버지도, 어머니도 지칠 대로 지친 상태였어. 유키코가 죽은 후에는 한 번도 웃어 보지 못했을 거야. 영매가 실패해서 두 분 모두 실망이 크셨지만 우리가 죽어서 저세상으로 가면 유키코를 만날 수 있다면서 집으로 가셨어."

스기지의 머리도, 어깨도 새하얗다. 그날 눈 위에 쓰러진 유키코처럼 그의 몸 위로 눈이 쌓이고 있다.

"가엾어서, 그분들이 너무 불쌍해서 하마터면 입 밖으로 말할 뻔했어. 유키코를 죽인 건 바로 나라고. 싸우다가 머플러로 목을 졸랐습니다, 그렇게 될 줄은 꿈에도 몰랐습니다, 죄송합니다, 라고. 그렇게 해서라도 그분들 마음이 조금이라도 편해진다면 얼마든지 할 수 있다고 생각했어."

하지만 결국 말하지 못했다면서 고개를 저었다. 그 턱에 떠오른 고집 세어 보이는 선을 언젠가 본 기억이 있다.

그렇다. 그날의 얼굴이다. 담쟁이덩굴을 붙잡고 올라갔을 때의 얼굴이다. 이층까지 올라가 보이겠다며 벽에 달라붙기 직전의 얼굴이다.

세 사람이 달려간 곳을 바라보았다. 아이의 발자국 같은 건 보이지 않는다. 세 사람의 발자국마저도 벌써 희미해지기 시작했다.

"정말 스기지가 죽였어?"

나의 질문에 그가 처음으로 내 눈을 바라보며 대답했다.

"난 안 죽였어."

일 초, 아니면 이 초 동안 우리는 서로를 마주 보았다. 스기지는 등을 획 돌려 세 사람이 사라진 방향으로 걷기 시작했다. 나는 혼자 가로등 밑에 남았다.

 이십 년. 그 긴 세월을 스기지는 왜 기다렸을까. 어째서 침묵했을까. 낌새를 챘다면, 알고 있었다면.

 그는 알고 있었다. 처음부터 의심하고 있었다. 어린아이의 동물적인 직감으로 꿰뚫고 있었다. 내가 유키코를 죽였다는 것을. 내가 그 빨간 체크 머플러를, 유키코가 쓰러진 후에도 계속, 숨이 끊어질 때까지 끌어당기고 유키코를 버려 둔 채 도망쳤다는 것을.

 나는 유키코가 미웠다. 나처럼 노력하지도 않으면서, 나처럼 착한 아이도 아니면서 언제나 생글생글 웃고 있는 유키코가 미웠다. 그 하얀 뺨이 미웠다. 스기지와 나란히 집에 돌아가는 유키코가 미웠다. 마코가 글을 읽는 게 재미있다며, 아무런 계산 없이 웃음을 터뜨려 마코를 기쁘게 할 줄 아는 유키코가 미웠다. 야스시에게 늘 놀림당하면서도 다른 아이가 괴롭히면 제일 먼저 야스시가 달려오게 만드는 유키코가 미웠다.

 유키코가 가진 모든 것들이 나에겐 증오의 대상이었다. 노력 없이 얻은 것들을 유키코는 당연하다는 표정으로 즐겼다. 그게 미웠다. 유키코가 좀 더 자기를 내세우는 아이였다면, 나와 맞서 지지 않으려고 했다면, 나를 미워해 주었다면, 나는 유키코를 죽이지 않았을 것이다.

 나쁜 짓을 했다고는 한 번도 생각한 적이 없다. 우등생의 얼굴만 지키고 있으면 누구도 의심하지 않는다는 것쯤은 알고 있었다. 어차피 우연히 일어난 사건이었다. 그 뒷골목에 하필이면 우리 둘뿐. 우리 둘뿐이었기에 일어난 일이니까.

기분이 상쾌했다. 무엇인가를 잃었다는 생각은 한 번도 해 본 적이 없다. 당연히 후회한 적도 없다. 더 이상 나를 방해할 것은 없다. 마음에 거슬리는 것도 없다. 앞으로는 생기 넘치게 살아갈 수 있으리라고 믿었다. 나는 무엇이든 할 수 있으니 내가 바라는 것이라면 어떤 꿈이라도 이루어진다고, 무엇이든 될 수 있다고 생각했다.

그런데 현실은 달랐다. 나는 이십 년 동안, 내 손으로 죽인 사람의 유령조차 보지 못하는 인간으로 전락했을 뿐이다.

내일, 눈이 그치고 쌓인 눈을 파헤쳐 보면 열두 살의 내가 죽어 있을 것이다. 이십 년 전 유키코를 죽였을 때 유키코와 함께 내 손으로 죽여 버린 나 자신이. 단단하게 얼어붙어 작은 몸을 움츠리고.

누구도 애도하지 않고 누구도 슬퍼해 주지 않는다. 그렇게 시간은 영원히 멈춰 있을 것이다.

★ 장난감

02

상가 모퉁이의 완구점 이층 창가에는 밤마다 교수형에 쓰는 올가미 밧줄이 걸린다.

제일 먼저 이런 소문을 퍼뜨린 사람은 누구일까. 다들 소문의 진상을 알고 있는 듯하지만 정확히는 모른다. 자기도 그 애매모호한 기분이 싫어 다른 사람에게 말해 확인해 본다. 아, 역시 나는 알고 있었어, 하고. 그래서 또다시 소문이 퍼진다.

"도쓰카 씨, 도쓰카 아주머니!"

토요일 저녁 구미코가 엄마와 마트에 가려는데 뒤쪽에서 누군가 큰 소리로 계속 불렀다.

"도쓰카 아주머니, 잠깐 기다려 봐요."

쿵쾅거리며 시끄럽게 달려온 사람은 맞은편 집에 사는 사사타니 아주머니다. 근방에서 수다쟁이로 유명한 여자였다. 구미코의 엄마는 평소에도 이 아주머니를 싫어했다. 사사타니 씨 댁에는 아이가 둘인데 모두 중학생이다. 그래서 엄마는 학교 임원회 일 등에서 마주치지 않아도 돼 다행이라고 말한 적도 있다.

"저기요, 도쓰카 씨 댁에 경찰이 왔었다는 거 정말이에요?"

기분 좋은 고양이처럼 목구멍을 울리면서 사사타니 아주머니가 물었다. 구미코네 엄마는 외까풀 눈을 동그랗게 떴다.

"경찰이요? 우리 집에요?"

"네, 네. 왔었잖아요. 완구점 할머니 일로."

구미코 엄마는 그제야 아, 그거요? 하고 크게 끄덕이며 억지로 웃었다.

"오긴 했는데 옛날 얘기예요. 완구점 할머니 돌아가신 지가 벌써 두 달이나 지났잖아요."

"벌써 그렇게 됐나? 내가 듣기로는 경찰이 찾아간 게 바로 얼마 전이라고 하던데."

사사타니 아주머니는 동그스름하게 살이 오른 팔로 구미코 엄마의 팔을 잡고 목소리를 낮췄다.

"다시 조사할 거라면서요? 할머니의 변—사."

"변사요? 이상하게 죽었다는 뜻인가요?"

"그래요, 정말 무서운 일이잖아요. 소문 다 났어요. 알죠? 실은 영감님한테 살해됐다는 거. 이층 창가에서 이렇게 목이 졸려서……."

아주머니는 밧줄에 목이 매달린 흉내를 내면서 말했다.

"그 할아버지, 이제 할머니 목을 조를 힘이 없어서 그런 식으로 죽인 거래요. 미리 뒤처리를 해 놓고는 모른 척했던 거죠. 하지만 요즘도 창가에 밧줄이 늘어뜨려져 있는 건 할머니가 원한을 품고 죽었기 때문이라더군요."

구미코 엄마는 슬쩍 구미코를 바라보았다. 구미코 앞에서 그런 이야기까지야—, 라고 신경을 쓴 건 아니다. 구미코도 이 소문에 대해서는 있는 것 없는 것 다 알고 있고, 구미코가 알고 있다는 사실은 아빠 엄마도 잘 알고 있다.

하지만 사사타니 아주머니에겐 이런 견제가 통하지 않았다.

"어머, 구미코도 학교에서 소문 들었을 텐데? 밤에 완구점 앞을 어슬렁거리던 6학년 남자애들이 경찰 아저씨한테 들켜서 혼났다며?"

엄마는 구미코와 아주머니 사이에 쓱 끼어들며 말했다.

"글쎄요, 구미코는 아직 3학년이라서 고학년 학생들에 관해서는 잘 몰라요."

"조례 시간에 교장 선생님이 길게 설교까지 했다던데요?"

학교에서 있었던 일까지 세세히 알고 있다. 구미코는 아주머니가 말할 때마다 "응", "흐응" 하는 소리를 내며 고개를 숙이고 있었다.

"도쓰카 씨 댁이 완구점 할아버지와 친척이라면서요?" 사사타니 아주머니가 또 한 번 구미코 엄마의 팔을 붙잡는다. "그래서 경찰이 탐문하러 온 거라던데."

"네, 시댁 쪽이기는 해요. 하지만 오랫동안 왕래가 없어서 우리도 이쪽으로 이사 오기 전까지는 전혀 몰랐어요. 그러니 친척이라는 걸 알고 나서도 굳이 가깝게 지내지는 않았고."

"그래도 할머니 장례식에는 갔죠?"

"왕래가 없어서 부르지도 않았는데요……."

사사타니 아주머니는 더욱 즐겁다는 듯이 목청을 높였다. "어머나, 친척도 부르지 않다니 왠지 더 수상쩍네."

구미코 엄마는 술주정꾼을 피하려는 여학생처럼 상대방에게 붙들린 팔을 풀고 재촉하듯 구미코의 등을 손바닥으로 슬쩍 밀었다.

"우리가 듣기론 할머니는 노화로 돌아가셨다고 했어요. 살인사건이라니, 말도 안 돼요."

"그럼 경찰이 왜 다시 조사하러 왔어요?"

"재조사를 할지 안 할지는…… 어쨌든 우리 집에 형사가 찾아온 건 두 달 전이에요. 그때도 그런 이야기는 전혀 없었고, 물어보는 데 십 분도 안 걸렸을걸요? 그러니까 소문은 전부 거짓말이에요."

이만 가 볼게요, 라는 인사가 끝나기 무섭게 구미코 엄마는 걸음을 재촉했다. 구미코도 점잔을 빼며 엄마 곁에 찰싹 달라붙었다.

완구점 할아버지와 할머니 부부의 성은 '다케타竹田'. '다케다'가 아니라 '다케타'다. 완구점 이름도 '다케야竹屋'아(屋)'는 일본어로 가게라는 뜻'지만 상가에 완구점은 여기 하나인데다 자리가 교차로 근처여서 다들 '모퉁이 완구점'이라고 불렀다.

구미코네 가족 셋은 삼 년 전에 전문 주택업자가 지은 작은 집을 사서 이 동네로 이사 왔다. 집이 마음에 들어서 정한 것이다. 아빠도, 엄마도 이 동네에 관해서는 아는 게 없었다.

그래서 이사 오고 며칠 안 돼 시장에 갔던 아빠가 들어오자마자

"깜짝 놀랐어. 삼십 년 넘게 연락이 끊긴 숙부님을 만났거든. 바로 이 근처에 살고 계시더라구"라고 말했을 때, 구미코와 엄마는 아빠가 또 재미난 이야깃거리를 꾸며내서 속이려는 줄로만 알았다.

그런데 진짜였다.

아빠의 아빠한테는 형제자매가 많았다. 대부분 사이가 좋았지만 유독 단 한 명, 누구와도 정을 나누지 못한 형제가 있었다. 그분은 일찍이 집을 떠났다. 아빠의 아빠 바로 아래 동생으로 이름은 미쓰오였다.

"그래도 아버지가 결혼하시고 내가 태어나서 십 년 정도는 정월이나 불사(佛事)가 있을 때마다 본가에 오셨더랬지. 어려서 미쓰오 숙부님과 놀았던 기억이 조금 나거든. 하지만 그 뒤로는…… 아버지가 자세한 사정을 말씀해 주신 적이 없어서 잘 모르지만 형제들 중 누군가와 크게 다퉜을지도 모르고, 돈에 얽힌 싸움을 일으켰던 건지도 몰라. 하여간 숙부님은 이후로는 집에 오지 않았어. 소식이 안 닿아 어디 사는지도 몰랐지. 아버지나 다른 숙부님들도 미쓰오 숙부님에 대해서는 일절 말씀이 없으셨거든. 숙부님은 이미 저세상 사람이라는 식으로 취급하게 된 거야."

그 미쓰오 숙부님을 만났다는 것이다.

"상가에서 완구점을 하고 계신대. 데릴사위로 들어가서 성이 바뀌었더군."

엄마도 무척 놀랐다.

"세상이 좁다고 해도 이런 우연이 다 있네요. 벌써 몇 십 년이 지났는데 어떻게 숙부님을 알아봤어요?"

"아냐, 나는 숙부님 얼굴을 봐도 모르지. 너무 오랫동안 못 만났고 이제는 완전히 할아버지잖아. 숙부님이 먼저 말을 거셨어. 내가 아버지 젊었을 때랑 똑같아서 금방 알아보셨대."

"틀림없이 그리우셨던 거예요."

"응."

고개를 끄덕이며 아버지는 약간 난처한 듯 웃었다. "그런데 내가 조카가 맞는다는 걸 확인하고부터는 계속 사과하셨어. 엉겁결에 부르긴 했는데 미안하다고."

"뭐가요?"

"숙부님은 생가와 옛날에 인연이 끊어졌어. 의절당한 사람이라고. 이제 와서 가까운 친척처럼 지낸다는 건 무리겠지. 우리만 해도 부모님이 모두 돌아가셨고."

"그렇긴 해요. ……숙부님은 올해 연세가 어떻게 되세요?"

"글쎄, 아버지 아래였으니까 일흔대여섯은 되셨을걸."

"인사하러 가 봐야 하는 거 아니에요?"

"괜찮아, 괜찮아. 놀러오라는 말씀도 없었고. 결혼은 했니, 아이는 있니, 뭐 이런 것도 안 물어보셔. 당신도 그냥 모른 척하고 지내."

"그건 좀 쓸쓸하잖아요?"

"새삼 쓸쓸할 것도 없어. 오히려 성가신 일이 될 수 있다고. 숙부님만 해도 그렇게 생각하고 계실걸."

그런 상태였기 때문에 구미코도 갑자기 나타난 작은 할아버지에 대해서는 깊이 생각해 보지 않았다. 상가를 지나갈 때마다 저 완구점 할아버지가 우리 작은 할아버지구나, 하고 잠깐 떠올려 보는 게 고작이었다.

완구점 할아버지는 무척 야위고 체격이 작았다. 등이 둥글게 굽어 마치 덜 짠 걸레처럼 몸이 약간 뒤틀려 보였다. 머리는 민둥민둥했는데, 교장 선생님처럼 번쩍번쩍 빛이 나지는 않는다. 한마디로 윤기가 없는 대머리였다.

완구점은 작았다. 입구가 일반 가정집 현관 크기밖에 되지 않았다. 반면에 가게 안은 지나치다 싶을 만큼 좁고 길쭉했다. 그런 구조 탓인지 대낮에도 가게 안은 어둑하고 음침한 분위기가 났다. 할아버지는 언제나 가게에서 제일 구석진 곳에 있는 낡은 나무 의자에 앉아 있었다. 길에서 살짝 고개를 쳐들고 창문으로 가게 안을 들여다보면 낮에는 텔레비전 화면에서 나오는 빛이, 밤에는 천장에 달린 노란 형광등 불빛이, 오도카니 앉아 있는 할아버지를 비추고 있는 게 보였다.

아이도, 어른도 거의 찾지 않았다. 친구들 중에 모퉁이 완구점에서 뭔가를 샀다고 말하는 아이는 없었다. 그럴 수밖에 없는 것이 이 가게에는 구미코 또래의 아이들이 좋아할 만한 상품이 전혀 없다. 가게에는 길쭉한 통로를 금방이라도 묻어 버릴 듯 수많은 장난감이 쌓여 있지만 전부 희미하게 먼지를 뒤집어쓴 채로, 십 년, 이십 년 전부터 거기 있었던 것처럼 보였다. 팔다 남은 물건처럼 보였다. 실제로도 그랬을 것이다.

완구점만의 상황은 아니었다. 상가 전체가 낡은데다 먼지투성이였고, 너저분한 분위기에 젖어 있었다. 점포는 많았지만 장사가 되는 가게는 없다. 구미코 엄마만 해도 시내 반대편의 마트에서 장을 본다. 상가에는 한 달에 두 번 있는 세일 때만 들렀다.

할머니는 가게에 나오지 않아서 볼 기회가 없었다.

"숙부님은 십이삼 년 전에 완구점 아주머니와 결혼하고 그때부터 거기서 사셨다는군. 아주머니가—지금은 할머니지만—완구점을 상속받아야 했기 때문에 숙부님도 다케타로 성을 바꾸셨대."

아빠가 설명해 주지 않았다면 지금도 할아버지가 혼자 사신다고 생각했을 것이다.

학교를 오갈 때 상가를 지나지는 않기 때문에 구미코가 상가를 지나가는 것은 일주일에 두 번, 주판을 배우러 학원에 갈 때와 상가 뒤편 맨션에 사는 친구 집에 놀러갈 때뿐이다. 일 년, 이 년 지나는 사이에 완구점 앞을 지나더라도 작은 할아버지네, 라고 떠올리는 횟수가 줄었고, 삼 년째에는 거의 잊어버렸다.

그런데 갑자기 완구점 할아버지와 할머니에 대해 물어볼 게 있다면서 경찰이 찾아왔다. 두 달 전 일이다. 구미코도 무척 놀랐다.

저녁 무렵이었다. 아빠는 아직 퇴근 전이고 집에는 엄마와 구미코 둘뿐이었다. 현관에 찾아온 남자는 얼굴이 우락부락했다. 넥타이를 맺는데 정장 대신 파란 점퍼를 입고 있었다. 남자가 보여 준 경찰수첩은 텔레비전 드라마에서 본 것보다도 훨씬 낡았다.

"실례합니다, 아가씨." 우락부락한 형사는 덜렁덜렁 말했다.

"저녁 준비를 하실 시간인데 이렇게 갑자기 찾아와서 죄송합니다, 아주머니."

웃으며 엄마에게 말했다.

"도쓰카 씨는 상가 완구점 노부부와 친척 사이시죠?"

엄마는 아빠가 들려준 이야기를 그대로 반복했다. 형사는 수첩을 펼쳐 보고 고개를 끄덕였다.

"다케타 씨도 같은 말씀을 하셨습니다. 할아버지는 조카에게 폐가 될 테니 제발 그 집에는 가지 말아 달라고 부탁하시더군요."

"무슨 일 있나요?"

"실은 할머니가 돌아가셨어요. 어제 아침에 이불 속에서 돌아가신 것을 할아버지가 발견했지요."

엄마는 어머나 하고선, "구미코, 국수 붇겠다. 불 좀 꺼 줄래?" 하고 부탁했다. 이건 어른들 이야기니까 넌 저쪽으로 가 있어, 라는 뜻이다. 구미코는 네, 하고 주방으로 달려가서 가스 불을 끈 뒤 문간에 숨어 귀를 기울였다.

"어떻게 돌아가셨죠?"

"자연사라고 해야 할까, 병사라고 해야 할까요. 노쇠하셔서겠죠. 할머니가 할아버지보다 연상이기도 했구요. 여든이라고 했던가."

"우린 몰랐어요."

"사건이니 하는 문제는 아니에요. 단지 할머니는 특별히 지병이 있던 것도 아닌 모양이고, 꽤 오랫동안 병원에서 진료받은 기록이 없더군요. 할아버지 말씀으로도 전날까지 건강하셨대요. 이런 경우에는 몇 가지 조사해 보지 않으면 안 되거든요. 여간해서는 그럴 리 없겠지만, 외부에서 누군가 침입해 절도를 하고 살해했을 가능성이 아주 없지는 않으니까."

"그런가요? 수고 많으시네요."

"아닙니다. 그런데 할아버지가 말이죠, 아무래도 충격을 받으셨 겠지만 약간 멍해지신 건지 말이 잘 통하지 않아서요. 혼자면 딱하 잖아요. 친척은 있느냐, 이웃에 친하게 지낸 분은 없느냐, 하고 이 것저것 묻던 중에 어렵사리 도쓰카 씨 얘기를 듣게 된 겁니다. 한 데 아주머니 말씀을 듣고 보니 아주머니도 뵌 적이 없나 보군요."

"네, 남편이 그렇게 하자고 해서……."

"그렇군요, 알겠습니다. 그런 집도 적지 않죠. 다케야 할아버지 만 해도 조카에겐 절대 알리지 마라, 이젠 관계가 없는 사이다, 라 고 여러 번 말씀하셨어요. 제가 댁에 찾아온 건 말하자면 오지랖이 넓어섭니다. 할머니에겐 전남편 사이에 자녀가 있어 그쪽과도 연 락을 취하고 있습니다. 단지 조금 먼 데 살아서."

"남편이 돌아오면 사정을 전하고 연락드릴게요. 어디로 연락드 릴까요?"

"여기다 해 주십시오."

우락부락 형사는 명함을 남기고 돌아갔다.

잠시 후 아빠가 돌아왔다. 명함에 적힌 번호로 전화를 걸어 이십 분쯤 통화하더니 잠깐 숙부님을 뵙고 와야겠다면서 급하게 나갔다 가 한동안 돌아오지 않았다.

구미코는 이튿날 아침에야 아빠를 만났다. 아빠는 졸린 얼굴로 하품만 했다.

구미코는, 다 같이 완구점 할머니 장례식에 가는 거예요? 하고 물었다. 아빠는 고개를 저었다.

"우린 안 가. 구미코는 그냥 학교에 가면 돼."

다른 설명은 없었다. 그 뒤로는 아무 일도 없었다.

완구점은 보름쯤 문을 닫았다가 다시 셔터를 올렸지만 예전과 달라진 것은 없었다. 어두컴컴한 점포에 먼지가 쌓인 낡은 장난감들이 쌓여 있고, 그 안쪽에서 할아버지가 혼자 쓸쓸하게 텔레비전을 보고 있다. 그다지 외로워 보이거나 슬퍼 보이지는 않았다. 전과 달라진 건 아무것도 없었다.

아빠와 엄마도 완구점 할아버지 이야기를 꺼내지 않았다. 그런 부분도 전과 다름없었다.

구미코도 완구점 일은 잊어 가고 있었다―.

그런데 이제 와서 대체 어떻게 된 것일까. 누가 교수형 밧줄이 보인다고 소문을 냈을까. 또 할머니는 할아버지한테 살해당한 것이라는 소문은 누가 퍼뜨렸을까.

사사타니 아주머니의 말투가 거슬렸나 보다. 엄마는 우락부락 형사의 명함을 찾아내 전화를 걸었다. 그러자 며칠 후 형사가 찾아왔다.

"아이고 아주머니, 제가 폐를 끼친 모양입니다."

오늘도 점퍼 차림이다.

"폐라고 할 건 아니지만 다케타 할아버지가 걱정돼서요."

"할아버지는 별로 신경 안 쓰고 계신 것 같아요. 본인 귀에는 들리지 않았을 수도 있고, 소문이라는 게 원래 그렇죠. 아주머니도 신경 쓰지 마세요."

완구점 할머니의 죽음에 수상한 점은 발견되지 않았다고 형사는

장난감 45

큰 소리로 장담했다.

"우리도 이제 와서 뭔가를 조사하지는 않을 겁니다."

"그런데 왜 이런 소문이 도는 걸까요?"

"밧줄 이야기는 근처 중학생이 제일 먼저 퍼뜨린 것 같더군요. 밤에 학원에서 돌아오다가 널어놓은 빨래를 잘못 봤나 봐요. 아이들이 또 괴담이라면 무척 좋아하지 않습니까?"

"그게 과장돼서 퍼진 건가요?"

형사는 북북 턱을 문지르며 고개를 살짝 갸웃했다. "음, 꼭 그런 것만은 아닌데, 그 전조가 있다고 할까요. 뭐, 도쓰카 씨가 말려들 염려는 없으니까 사실대로 털어놓죠."

다케타 씨가 유산 상속 문제로 약간 분쟁을 겪고 있어요. 형사는 낮은 목소리로 말했다.

"할머니의 자식들과 그런 거죠. 땅과 점포가 할머니 앞으로 되어 있는데, 법적으로 남편인 할아버지는 그 절반을 상속받게 됩니다. 그것 말고도 약간의 예금과 보험금이 있나 봐요. 할머니가 전남편 사이에서 낳은 자식이 셋인데, 자식이라고 해도 이젠 모두 어른이니 제각기 욕심을 내는 거예요. 유산은 전부 우리 것이다, 영감은 냉큼 나가라. 이 문제로 약간 소동이 일어났어요."

"당치도 않은 요구군요."

"할아버지와 할머니가 결혼할 때도 자식들과 다툼이 있었다는 군요. 그 사람들은 오래전부터 할머니의 유산을 기다려 왔던 모양이에요. 그런데 갑자기 할아버지가 나타났으니 재산을 가로채려는 것이라고 소란을 피운 거죠. 할머니가 먼저 돌아가셔도 유산은 받지 않겠다고 각서를 써 주지 않으면 입적 못 시킨다고 협박하는 등 추잡한 일이 꽤 있었나 봐요. 할아버지 본인은 그런 말을 하실 분이 아니고요, 곁에서 오랫동안 지켜본 상가 사람들에게 들은 이야기입니다."

"상가 사람들이 사정을 잘 알고 있으니 다케타 할아버지를 도와줄 수 있겠네요."

"그것도 좀 복잡해요. 전남편도 데릴사위였는데 이 동네 사람이어서 상가 이웃들과 친하게 지냈더라구요. 그래서 나중에 결혼한 할아버지에 대한 인식이 그다지 우호적이지 않아요."

"우호적이지 않다뇨?"

"친척에게 이런 말까지 하는 게 그렇지만, 할아버지가 뜨내기라고 할까요, 과거에 이런저런 곡절이 꽤 있다는 얘기도 들었습니다. 그러니 더욱 그렇겠죠."

엄마는 입가에 손을 대고 얼굴을 찡그렸다. "남편에게서 미쓰오 숙부님은 생가와 인연이 끊어졌다는 얘기는 들었지만 무슨 일이 있었는지는……."

과거를 캐 본들 무슨 소용이겠냐고 말하면서 형사는 점퍼 지퍼를 올렸다.

"할아버지가 할머니를 살해했다는 질 나쁜 소문은 아이들 중 누가 재미 삼아 퍼뜨렸을 거예요. 하지만 계속 퍼진 데에는 상가 사람들의 그런 분위기가 한몫했는지도 모르죠."

"듣기 좋은 얘기가 아니네요. 저 작은 가게를 팔아 봐야 얼마나 된다고."

형사는 머리를 긁적이며 웃었다.

"그렇기는 한데 돈만의 문제가 아니에요. 아주머니는 타지에서 오셨으니 잘 모르시겠지만, 상가만 해도 십 년, 십오 년 전에는 활기가 넘쳤어요. 여기저기 대형마트가 생기면서 서서히 쇠퇴하게 되었죠. 가게마다 전부 나이 드신 분들뿐이잖아요. 대를 이을 사람이 없어요. 문제는 부모님의 부모님 세대부터 가게를 물려받아 평생 처마를 잇대고 살아온 분들이라 누구 한 사람 멋대로 가게를 닫고 '그럼 잘들 있게' 하고 떠나기가 어렵다는 거예요. 그랬다가는 상가 전체가 이빨 빠진 것처럼 보기 흉하게 될 테니까요."

엄마는 눈썹을 추켜세웠다.

"그러니까 이 동네에 돌아올 생각도 없는 자식들에게 완구점이 상속돼 땅이 팔리면 다른 가게 주인들도 이때다 싶어 상가를 내놓을 수 있게 된다, 이건가요?"

"뭐, 본심은 그런 셈이죠. 할아버지처럼 문제될 게 없는 사람이 먼저 나서면 뒤따르는 사람들도 변명거리가 있잖아요. 가게 문을 닫으면서 할아버지 핑계를 대면 만사 오케이다, 이거죠."

엄마는 그날 밤 형사에게서 들은 이야기를 아빠에게 그대로 전했다. 아빠는 몹시 기분 나쁜 얼굴로 이야기를 대충 듣고는 말했다.

"그쪽 사정은 나도 전부터 알고 있었어."

화가 나서 못 참겠다는 표정이다.

"경찰에 쓸데없이 전화는 왜 한 거야? 이런 일은 그냥 모른 척하고 넘어가면 자연히 수습될 텐데."

"어머, 그래도 난……."

이를 계기로 부부 싸움이 시작되었고, 구미코는 잽싸게 목욕탕으로 도망쳤다.

이튿날 주산 학원에 가자 친구들이 갑작스럽게 물었다. "너희 집에 또 형사가 왔다며?" 대체 누가 봤을까, 하고 깜짝 놀랐다. 설명하느라 진땀을 뺐다. 아빠 말대로네, 하고 생각했다.

못된 짓을 하는 인간은 어디에나 있고, 장난이 지나친 사람도 동네마다 있다. 빨래를 너는 완구점 이층 베란다에 교수형 밧줄이 매달려 있던 것은 이틀 후의 일이었다. 밤중에 누군가가 저지른 장난이다. 해가 뜨자 그제야 알게 된 상가 사람들이 당황해하며 밧줄을 치웠지만, 이튿날 아침이 되자 똑같은 일이 반복되었다. 결국 경찰이 찾아왔다.

그 일이 있은 후, 이번에는 지역 방송국에서 취재를 하러 왔다. 누가 제보했는지도 모른다. 심야의 짧은 프로그램이라고 한다. 재미로 다루기에 안성맞춤인 소재라고 생각했던 모양이다. 어딘가 요란한 탤런트가 리포터를 맡아 상가에 찾아왔다.

엄마는 절대로 구경하러 가면 안 된다고 말렸지만 친구들이 모두 가고 싶어 해서 구미코도 어쩔 수 없이 따라갔다. 할아버지가 어떤지 걱정스러웠고, 무슨 일이 벌어질지 궁금하기도 했다.

탤런트는 "돌격, 조사대!"라고 외치고 이런저런 얘기를 지껄이기 시작했다.

"할아버지 말씀도 들어 봐야죠."

"상가라면 다들 사이좋게 지내야 하니까요!"

"왜냐하면 이 할아버지네 완구점은 귀감이 되는 가게잖아요. 이렇게 재미있는 걸 팔고 있으니."

일일이 소리를 지르는 통에 시끄러웠다. 할아버지는 가게 문을 닫아 버린 채 나오려고 하지 않았다. 그래도 구경꾼이 많고, 일일이 리포터의 멘트에 반응해서 무척이나 소란스러웠다.

상가에 이렇게 사람들이 많이 모인 건 오랜만이라고 상가 사람들은 즐거워했다. 제멋대로 낄낄 웃고 있다. 구미코는 토할 것처럼 속이 나빠져서 친구들을 놔두고 혼자 돌아왔다.

취재가 또 한 번 있었다. 정보지를 내는 잡지사에서 완구점 사진을 잔뜩 찍고 돌아갔다고 한다. 텔레비전 방송국이 찾아온 이후로 할아버지는 계속 가게 문을 닫고 있었기 때문이다. 안의 상황은 알 수가 없었다. 기자라는 젊은 남자가 여러 번 셔터를 두드리며 할아버지를 불렀지만 대답은 없었다.

"역시 방송국에서 취재하러 올 때가 구경꾼이 더 많이 모이는군."

구미코는 완구점 옆집인 모자 가게 아저씨가 그렇게 말하는 것을 들었다.

아빠와 엄마는 일이 이처럼 시끄럽게 커지는 것을 보고 화를 냈다. 둘 다 엄청 불쾌해했다.

"여럿이 합세해서 노인을 장난감 취급하다니."

여간해서는 화를 내지 않는 아빠가 거칠게 한마디 하는 것을 슬쩍 들었다. 무슨 말인지는 잘 몰랐지만 슬펐다.

완구점은 계속 문을 열지 않았다. 정보지 등의 취재가 있고 나서 보름쯤 지나 할아버지는 갑자기 돌아가셨다. 이튿날 아침, 가게 셔터 앞에 쓰러져 있던 것을 행인이 발견했다.

아빠는 아침부터 황급히 달려갔다가 그날 밤이 돼서야 홀쭉해진 얼굴로 돌아왔다.

"나를 쫓아내더군." 엄마에게 말했다. "전남편 자식들이. 녀석들, 하이에나 같았어. 내가 무슨 유산이라도 노리고 찾아왔는 줄 알았나 봐."

그래서 구미코 가족은 할아버지 장례식에도 참석하지 못했다. 할아버지가 병으로 돌아가셨음에도 목매달아 자살했다는 소문이 퍼졌다. 구미코는 그게 아님을 알고 있는 상가 사람들마저 그런 소문을 이야기하는 걸 들었다.

할아버지가 돌아가시고 완구점은 순식간에 헐렸다. 헐기 전에 점포 안의 상품들을 몽땅 백 엔에 팔아치웠다. 그때 물건을 판 사람이 유산을 이어받게 될 자식들 중 한 명인 듯했다.

"구미코, 친구들이 가자고 해도 가면 안 돼. 아무것도 사면 안 돼."

엄마가 주의를 주지 않아도 구미코는 상가 근처에는 얼씬도 하지 않았다. 세일이 끝나고도, 완구점이 있던 자리가 빈터가 되었을 때에도, 소문이 사라진 후에도, 상가 근처에는 절대로 가지 않았다. 주산 학원도, 친구 집도 멀리 길을 돌아서 갔다.

그렇게 두 달이 지난 어느 날.

장난감 51

아빠가 상가 앞에 새로 생긴 자전거 가게에 가자고 해서 구미코는 함께 길을 나섰다. 아빠는 멀리 돌아가거나 하지는 않았다. 곧장 상가로 향했다. 자전거 가게는 거길 지나 바로 앞이었다.

아빠가 먼저 깨달았는지, 구미코가 먼저 보고 아빠도 깨닫게 된 것인지는 모르겠다. 먼저 그 자리에 멈춘 것은 구미코였다. 하지만 구미코가 발을 멈춘 것은 아빠가 갑자기 손을 세게 잡았기 때문인지도 모른다.

지난날 완구점이 있던 그곳, 지금은 빈터가 된 그곳에 다케타 할아버지가 서 있었다. 희미하고, 얇고, 반쯤 투명한 모습으로 혼자 서 있다.

이쪽을 쳐다보지는 않았다. 옆집이었던 모자 가게 창문을 올려다보고 있었다.

할아버지를 머리에서 발끝까지 제대로 본 것은 이번이 처음일지도 모른다고 구미코는 생각했다. 늘 가게 안쪽에 앉아 텔레비전만 보고 있었으니까.

그래도 표정은 똑같네, 그때와 똑같은 표정이야, 텔레비전 볼 때처럼 멍한 얼굴이네.

구미코는 아빠 손을 꼭 쥐었다. 아빠가 구미코를 내려다봤다. 아빠가 자기와 같은 광경을 보고 있다는 것을 금방 알 수 있었다.

왜 그런지는 모르겠지만 구미코는 목이 메어 눈물을 뚝뚝 흘렸다.

아빠가 불쑥 구미코를 안아 올렸다. 눈가가 새하얘져 핏기가 사라졌다. 구미코는 아빠 목에 매달렸다. 처음에는 자기만 떨고 있는 줄 알았는데, 꽉 껴안고 보니 아빠도 자기처럼 떨고 있는 게 느껴졌다.

"구미코, 울지 마."

달래듯 흔들면서 아빠가 말했다. 눈은 다케타 할아버지에게 못 박힌 채, 비밀을 이야기하듯 빠르게 속삭였다.

"미쓰오 할아버지는 널 겁주려는 게 아냐. 그러니 울지 마. 울면 안 돼."

그런데도 눈물이 그치지 않는다. 구미코는 아예 엉엉 울어 버렸다. 사람들은 우뚝 서 있는 아빠를 이상한 표정으로 돌아보며 지나갔다. 가게 앞에 서서 이야기를 나누는 사람들도 있다.

다른 사람 눈에는 완구점 할아버지가 보이지 않는 듯했다.

할아버지는 모자 가게 창문을 올려다보고 있다.

"숙부님."

아빠가 작은 목소리로 할아버지를 불렀다. 구미코는 얼굴을 들어 아빠가 보고 있는 쪽으로 고개를 돌렸다.

"힘이 되어 드리지 못해서 죄송했습니다."

그러고 나서 구미코를 안아 올린 채 천천히 상가 쪽으로 걸어갔다. 구미코는 아빠 목을 단단히 껴안았다. 눈물에 젖은 뺨을 아빠 턱에 문지르며 아빠 품에서 천천히 뒤로 지나가는 거리의 광경을 바라보았다.

할아버지는 끝내 이쪽을 보지 않았다. 우리를 깨닫지 못하는 게 아니라 일부러 안 보시는 거야, 라고 구미코는 확신했다.

구미코가 무서워할까 봐.

장난감 53

상가를 지나가자 구미코가 말했다.

"하나도 안 무서웠어."

아빠는 구미코의 얼굴을 보며 구미코처럼 울 것 같은 눈으로 웃었다.

"그렇지?"

모자 가게가 문을 닫은 것은 그 뒤 며칠이 안 돼서였다. 땅은 금방 공터가 되었고, 완구점 땅까지 합쳐서 어느 부동산 회사가 구입했다.

이 무렵에는 구미코도 혼자 상가를 지나는 게 조금도 어렵지 않았다. 그 후로도 몇 번 완구점 할아버지를 만났다. 완구점 대지에 서 있을 때도 있고, 상가의 다른 가게 앞에 서 있을 때도 있다. 그렇게 할아버지가 서 있던 가게는 얼마 안 있어 부동산에 팔리거나, 가게 문을 닫는다는 소문이 들렸다.

완구점 할아버지, 아빠의 미쓰오 숙부님, 구미코의 작은 할아버지는 지금까지 한 번도 구미코를 본 적이 없다. 그래서 구미코도 소리 내어 부르거나 그 앞에서 걸음을 멈추지 않았다.

오늘 아침에는 회람판이 돌았다. '주민 설명회 소식'이라고 적혀 있다. 상가 근처에 이 동네 마트를 모두 합친 것보다 훨씬 큰 대형 복합소매점이 생긴다는 것이다. 그 사전 설명회가 있다고 한다.

엄마는 안 가겠다고 했다. 아빠도 갈 필요가 없다고 말했다.

"우리하곤 관계없어. 상가 사람들이 모이는 집회야."

구미코는 주산 학원에 가는 길에 잠깐만, 정말 잠깐만 들러 볼까 고민했다. 틀림없이 작은 할아버지도 오실 거다. 거기 모인 상가 사람들은 아무도 깨닫지 못하겠지만, 생전에 텔레비전을 보고 계실 때와 같은 표정으로 제일 뒤쪽에서 집회를 지켜보실 것이다.

그러면 살짝, 정말 살짝 손을 흔들어 볼까, 생각했다. 여기 좀 봐주세요, 하고. 구미코를 발견한 작은 할아버지는 '무섭게 해서 미안하구나' 하는 표정을 지으실 거다. 그러면, 아니에요, 하고 고개를 흔들며, "저도 죄송했어요. 아빠도 죄송했다고 하셨어요" 그렇게 한마디만 하고 다시 학원으로 갈까, 생각중이었다.

★
지
요
코

03

처음 이야기를 들었을 때는 꽤 돈이 되는 아르바이트라고 생각했지만, 역시나 세상은 그리 만만하지 않았다.
"오래되긴 했어도 아직은 얼굴이 꽤 귀엽지? 색도 예쁘고, 사이즈가 작아서 다른 점원은 안 돼. 눈구멍 위치가 안 맞거든."
넌 몸이 작아서 꼭 맞을 거야, 라고 점장님은 기분 좋게 말했다.
"친구한테 듣기로는 손님에게 풍선을 나눠 주는 일이라고 했는데요."
"맞아, 풍선 나눠 주는 일이야. 그때 이걸 입고 나눠 줘. 가족끼리 온 고객들은 아주 좋아할 거야."
과연 그럴까······.
직원용 탈의실 벽에, 무척 지쳤습니다, 라는 모습으로 기대어 있는 것은 핑크색 토끼 인형탈이다. 점장님 말씀대로 테마공원에서 돌아다니는 보통 인형탈보다 전체적으로 작다는 느낌이 든다.

"이거 언제쯤 산 거예요?"

"한 오 년 됐나? 창업 오 주년 감사 바겐세일 때 사모님이 가져오셨지. 아사쿠사에서 사셨다나, 뭐라나 그랬는데."

그때도 몸이 작은 직원이 이 탈을 쓰고 가게 앞에서 풍선과 캔디를 나눠 줬다고 한다.

"꽤 인기가 좋았어. 그래서 이번 십 주년 감사 대바겐세일에 또 하게 됐지."

오 년 전에는 이 인형탈도 새것이었다. 색깔도 훨씬 선명하고 귀여웠겠지. 엄마 손을 잡고 쇼핑하러 온 아이들을 즐겁게 해 줬을 것이다.

하지만 말이죠, 이젠 볼품이 없다구요.

오 년간 계속 창고 안에 처박혀 있었겠지. 햇볕을 쬐지 않아서 색이 많이 바래지는 않았어도 대신 여기저기 잿빛 곰팡이가 피어 있다. 두 개의 기다란 귀가 후줄근하게 풀이 죽어서 오른쪽 귀는 세워 놔도 금방 주저앉는다. 핑크색 몸뚱이 곳곳에 흰 반점이 퍼져 있는 까닭은 창고를 청소하던 직원이 인형탈 곁에서 표백제가 묻은 대걸레를 휘둘렀기 때문인지도 모른다. 표백제가 묻은 곳만 핑크색이 없어진 것이다. 이는 인형탈을 창고 안에 그냥 방치했다는 뜻이다.

플라스틱으로 만든 두 개의 눈알은 기름때와 먼지가 뒤섞여 무척 뿌옇다.

"냄새가 고약해요. 진드기도 있을 것 같고."

내 말에 점장님은 대범하게 웃었다.

"오늘 하루 햇볕에 잘 말리면 괜찮아. 먼지도 털어 버리고."

만져 보니 겉이 축축하다. 인형탈 뒤쪽을 더듬어 지퍼를 찾고 열어 보니, 안쪽은 더 축축하다. 역겨워서 나도 모르게 얼굴을 찡그렸다.

"말리면 괜찮아진다니까."

내가 말하기도 전에 선수를 치며 점장님은 두어 번 내 어깨를 두드렸다.

"그럼 내일이야. 열시에 개점인데 아홉시까지는 사무실로 와. 잘 부탁해."

인형탈을 손질할 생각이면 주차장에서 해, 거기가 볕이 잘 들어. 안도한 표정의 점장님은 황급히 사라지며 그렇게 말했다.

축 늘어진 인형탈과 단 둘이 남았다. 화가 나서 인형탈 코를 손가락으로 쿡 찔렀다. 겨우 그 정도의 움직임에 속이 텅텅 빈 토끼는 구깃구깃 허물어지며 벽 쪽으로 쓰러졌다.

정말 싫다.

가난한 학생에게 아르바이트는 생명줄이다. 괜찮은 자리가 있어, 하루에 만 엔이고 마트 바겐세일을 도와주는 거니까 힘들지도 않아. 그렇게 알려 준 친구의 얼굴이 그때만 해도 부처님처럼 보였다. 하지만 취소하겠어, 넌 사기꾼이야, 인신매매범이야.

최소한 하루라도 여유가 있다면 이 꾀죄죄한 인형탈을 집에서 빨았을 텐데. 한숨만 나왔다.

"어머, 아르바이트생이야? 수고 많네."

탈의실에서 인형탈에 발을 집어넣고 있는데 뒤쪽에서 목소리가 들렸다.

오동통한 얼굴에 부드러운 웃음을 띠고서, 딱 우리 엄마 나이쯤 되어 보이는 아주머니가 서 있다. 곧장 사물함으로 가서 문을 연다. 명찰에 '다나카'라고 적혀 있다.

"네, 하루만 일할 거지만 잘 부탁드립니다."

"나야말로 잘 부탁해."

다나카 아주머니는 사물함에서 꺼낸 밝은 청색 유니폼으로 갈아 입고는 인형탈을 가리키며 말했다.

"그거 혼자 입기 힘들어. 도와줄게."

잡아당기고 끌고 하면서 둘이 매달렸는데도 제법 힘들었다. 가까스로 몸을 집어넣자 어느새 내 몸은 땀투성이가 되었다. 시험 삼아 입어 본 것이라 탈까지 쓰지는 않았다. 인형탈 머리통이 후드처럼 등에 늘어졌다.

"덥고 무거워서 어깨가 많이 결릴 거야. 걸을 때는 발밑을 조심하고. 평소보다 두 배는 몸집이 커지니까 생각지도 못한 곳에 부딪치는 일이 많아."

실감 나는 충고였다.

"아주머니도 인형탈을 쓰신 적 있어요?"

아주머니는 좁은 탈의실이 울릴 만큼 밝은 목소리로 웃었다. "그럼, 오 년 전엔 내가 이걸 썼어."

그랬구나, 그러고 보니 아주머니도 골격이 작은 편이다.

"오 년 사이에 이렇게 뚱뚱해졌지."

아주머니는 볼록한 배를 탁탁 두드렸다. 말씀하신 대로 살이 꽤 쪘다.

"십이 킬로그램이나 쪘지뭐야. 그런데도 점장님은 나보고 다시 입어 보라는 거야. 무리지. 하긴 다른 직원들은 더 무리였겠지만. 어차피 행사에 맞춰 아르바이트를 쓰기로 했으니까 이왕 이렇게 된 거 새로 오는 아르바이트에게 입히는 걸로 결정 났지."

미안해, 라며 밝게 사과한다. 나는 헤헤, 하고 애교 떨듯 웃으면서 속으로는 토끼 씨나 제대로 빨아 놓을 것이지, 하고 원망했다. 어제 정성껏 손질하기는 했어도 역시나 인형탈 안쪽은 축축하기만 하다. 팔과 다리는 피부가 직접 닿아 벌써부터 간질간질하다.

"머리도 써 볼래? 미리 걷는 연습도 해 둬야지."

다나카 아주머니가 인형탈 머리를 들어 주셨다. 나는 몸을 배배 꼬아 기어들어 가듯 토끼머리를 푹 뒤집어썼다.

"어때? 시야가 좁아져서 좀 무섭지? 처음에만 그럴 거야."

눈구멍 위치에 두 눈을 맞추고 탈의실 안을 둘러보았다. 사물함이 늘어서 있고 철망에 갇힌 유리창이 보인다. 확실히 시야가 좁아지긴 했지만 생각보다 덜 갑갑하다. 그보다는 차오르는 숨이 불안했다. 공기구멍은 턱 밑에 한 개 있는 게 고작이다.

"아이구, 귀여워라."

다나카 아주머니는 기뻐했다. 사람이 움직이는 낌새와 함께 대각선 방향에서 목소리가 들린다. 하지만 모습이 보이지 않는다. 밝은 청색 유니폼이 어디에도 없다.

대신 이상한 게 보였다. 몽실몽실한 회색 털 뭉치였다. 굉장히

크다. 다나카 아주머니와 비슷한 사이즈다. 그게 내 옆에 서 있다.

자세히 보니 곰 인형탈이다.

"아주머니?"

"나 여기 있어. 잘 안 보여?"

회색 곰 인형탈이 아주머니 목소리로 대답하고는 느릿느릿 움직여서 내 앞으로 걸어왔다.

아주머니? 이게 다나카 아주머니라고? 왜 탈을 쓰고 있지? 저건 언제 쓴 거야?

"저기……."

나도 모르게 손을 뻗어 회색 털을 만져 보려는데 몸이 비틀거린다.

"괜찮아?"

넘어지려는 나를 붙들어 주었다. 아주머니 목소리로 말하는 이 회색 곰이.

도대체 어떻게 된 일이지?

"잠깐만 이것 좀 벗겨 주세요!"

나는 몸에 불이라도 붙은 것처럼 비명을 지르며 토끼머리를 벗어 던졌다. 그러자 눈앞에 아주머니가 서 있다. 밝은 청색 유니폼을 입고 있는 통통하게 살이 찐 아주머니가 서 있다. 아주머니는 깜짝 놀라서 눈을 크게 뜨고 뒤로 물러났다.

나는 숨을 멈췄다.

"왜 그래? 속에 뭐라도 붙어 있었어? 벌레야?"

다나카 아주머니의 질문을 무시하고 한 번 더 토끼머리를 썼다.

뒤집어쓸 때 눈을 감고 말했다.

"아주머니, 거기서 움직이면 안 돼요!"

"응? 뭐라고?"

눈을 떴다. 역시나 회색 곰이 서 있다.

"왜 그러는데?"

아주머니의 목소리다. 회색 곰은 뭐야, 사람 놀라게, 라는 몸짓을 하고 있다.

인형탈 속에서 내 입은 떡 벌어진 채 다물어지지 않았다.

"잠깐만 돌아다니고 올게요."

손으로 벽을 짚으며 비틀비틀 탈의실 밖으로 나왔다.

전부가 인형탈을 쓰고 있다.

아니, 정확히 말하면 입고 있는 것처럼 보인다. 이 핑크색 토끼 인형탈을 쓰고 눈구멍으로 밖을 보고 있으면.

출근하는 직원들의 모습이 인형탈을 쓰고 있는 내 눈에는 봉제인형의 행진으로 보였다. 이 사람은 고양이, 저 사람은 너구리. 원숭이님도 있네. 꼬리도 제대로 달려 있군. 직원은 압도적으로 여성이 많기 때문에 인형탈들은 귀여운 목소리로 떠들고, 여자처럼 웃는다. 당연히 동작도 여성스럽다. 그래서일까. 뭔가 좀 수상쩍은 술집에 온 느낌이었다. 이런 걸 코스튬플레이라고 했던가? 원래는 세일러복이나, 간호사 복장일 텐데. 어쨌든 나는 여러 개의 봉제인형 무리에 뒤섞여 마트 입구에 도착했다.

점장님이 있다. 가게 앞에 걸 장식물을 올려다보고 있다. 점장님

옆에 사다리가 있고, 그 위에 서 있는 남자가 '창업 십 주년 대감사 이벤트'라고 인쇄된 간판의 위치를 조정하고 있다.

"조금 더 올려. 아냐, 너무 올라갔어. 수평으로, 수평으로."

목소리가 점장님이다.

"이렇게요? 이 정도면 됐어요?"

대답하는 목소리가 남자여서 사다리 위의 사람이 남자임을 알았다.

둘 다 인간의 모습이 아니었다. 그렇다고 봉제인형도 아니다. 플라스틱으로 만들어진 것이었으니까.

점장님은 로봇이다. 어, 그러니까 이건 건담 아닌가? 사다리 위의 남자는 뭘까. 전대물戰隊物분장 등을 이용해 특수 촬영한 아동용 액션 드라마인데. 터보레인저였나?

"점장님!" 나는 큰 소리로 외쳤다.

건담이 고개를 돌린다. "음, 잘 어울리는군."

나는 토끼머리를 쑥 벗었다. 그러자 건담과 터보레인저가 사라지고 점장님과 사다리 위의 남자가 보인다. 점장님은 하얀 와이셔츠에 줄무늬 넥타이를, 사다리 위의 남자 직원은 작업복 차림이다. 나보다 어려 보였다.

토끼머리를 다시 썼다. 오, 건담과 터보레인저가 부활했다!

"왜 그래? 감촉이 안 좋아?"

"그렇진 않아요." 나는 별일 아니라는 식으로 대답했다. 그러고는 눈을 깜빡여 눈에 들어간 먼지를 털어냈다.

이게 대체 어떻게 된 일일까?

"잠깐만요." 뒤로 빙 돌아 탈의실로 가려는데, 점장님 목소리가 쫓아온다.

"어디 가는 거야? 조금 있으면 풍선 나눠 줄 시간이야!"

탈의실에는 거울이 있다. 나는 거울이 보고 싶었다. 내가 어떤 모습인지 꼭 확인해 보고 싶었다.

직원들은 모두 매장으로 나가서 탈의실에는 아무도 없다. 토끼 머리를 쓴 상태로 천천히 거울 앞에 섰다.

거울 속에는 토끼 봉제인형이 서 있었다.

하지만 내가 입고 있는 것과는 색깔이 다르다. 거울 속의 토끼는 흰색이다. 귀 모양도 다르다. 오른쪽 귀가 한가운데서 반으로 꺾여 있다.

그리고 나는 이 흰 토끼를 본 기억이 있다. 이건—, 이건 정말 반갑다.

그래, 지요코다.

어렸을 때 무척이나 아꼈던 토끼인형이다. 언제나 같이 잤다. 공원으로 놀러 나갈 때는 업고 다녔다. 가족여행에도 데려갔다.

검고 둥근 두 개의 눈. 왼쪽은 원래부터 붙어 있던 플라스틱 눈이었고 오른쪽 눈은 아빠의 코트 단추다. 지요코를 데리고 친구 집에 놀러갔다가 돌아오는 길에 한쪽 눈이 빠졌다. 여섯 살 때의 일이다.

"지요코 눈이 없어졌어."

엉엉 울면서 소란을 피우다가 엄마에게 야단맞았다. 나를 달래려고 엄마는 단추를 눈동자 대신 꿰매 주셨다. 그래서 양쪽 눈 크기가 살짝 다르다.

거울 속의 흰 토끼는 그런 것까지 지요코를 꼭 닮았다.

양쪽 팔을 내려다봤다. 인형탈을 통해 본 내 팔은 지요코의 것이다. 흰털이 닳아서 군데군데 빠져 있다. 해진 손목 틈새로 솜이 보인다.

이건 지요코야. 틀림없어.

지요코를 잊고 산 지 얼마나 됐을까.

지요코와 놀고, 끌어안고 잠들지 않게 된 초등학교 5, 6학년까지는 내 방에 있었다. 그러나 중학생이 되고, 고등학생이 되면서 어느새 지요코를 잊어버리고 말았다. 낡아 빠진 흰 토끼 인형을, 이런 건 어린애나 좋아하는 거야, 라면서 쫓아냈다. 지금은 지요코가 어디 있는지도 모른다.

엄마는 뭐든지 절약하는 분이니까 버리지 않았을 텐데. 분명 어딘가에 잘 보관하고 계실 것이다. 나중에 알아봐야지!

오랜만이네. 잊어버리고 지내서 미안해. 나 자신을 끌어안고 어렸을 때처럼 지요코를 안아 주었다. 그때 문득 깨달았다.

다른 사람들도 나랑 같은 게 아닐까.

직원들이 입고 있는 인형은 그들만의 지요코였던 것 같다. 틀림없이 그럴 것이다. 어렸을 때 무척 좋아했던 장난감. 몇 시간이고 함께 놀았던 상대. 곁에서 잠들고 꿈에까지 찾아와 준 소중하고 소중한 상상 속의 친구. 아이들에겐 지금 그 자리에 있는 누구보다도 완벽한 친구.

이 핑크색 토끼 인형탈을 입으면 그것이 보인다.

나는 황급히 매장으로 돌아왔다. 금전출납기 앞에 서 있던 다나카 아주머니가 연신 키패드를 누르고 있다.

"다나카 아주머니!"

"네! 어머." 다나카 아주머니가 턱을 가슴 쪽으로 끌어당겼다. 나를 이상한 여자애라고 생각하고 있는 게 분명하다. 어쩔 수 없지, 해 보자.

"아주머니는 어렸을 때 회색 곰 인형 좋아하셨죠?"

아주머니가 이번에는 온몸으로 물러났다. 계산대에 있던 여자가 대신 대답했다.

"어머, 그게 무슨 소리야? 새로 유행하는 점 같은 거야?"

"네, 비슷한 거예요."

"난 귀가 긴 강아지 인형이 친구였어. 다섯 살 생일에 선물받은 거야. 결혼했을 때도 가져가서 남편이 웃었지만 지금도 가지고 있어."

그 아주머니는 기다란 귀가 아래로 처져 있는 강아지 인형으로 보였다. 확실히 기다란 털이 조금 홀쭉하기는 해도 해지거나 더럽지는 않다. 지금도 사랑받고 있기 때문이다.

"그럼 좋은 일이 있을 거예요."

"점에 그렇게 나왔어?"

"그럼요."

나는 의기양양하게 가게 앞으로 나왔다. 점장님은 아직도 거기서 있다. 좀 전과 똑같이 건담이다. 마이크를 확인하고 있다.

"점장님은 건담을 좋아하시나 봐요?"

"뭐?" 점장님의 눈동자가 커진다. "어떻게 알았지? 나야 퍼스트 건담 세대였으니까. 엄청 좋아했지."

"얼굴에 쓰여 있네요."

그런가? 하고 고개를 뒤튼다. 건담이 고개를 뒤튼다. 그 모습이 꽤 귀엽다. 그런데 퍼스트건담 세대치고는 점장님 나이가 제법 있다. 오타쿠였던 걸까.

그날 하루 종일 풍선을 나눠 주며 온갖 봉제인형을 보았다. 난생 처음 보는 캐릭터 인형도 있었다. 마트를 찾는 손님들마다 뭔가를 입고 있다. 점장님처럼 봉제인형이 아닌 경우도 적잖았다. 젊은 여자가 닌자처럼 입고 온 것도 봤다. 아카카게_{애니메이션, 드라마 등으로도 제작된 1960년대 인기 닌자 만화}였던가. 바비 인형과 리카짱_{일본판 바비 인형}이 걸어오는 것을 보고 깜짝 놀라 토끼머리를 벗었더니 나이 지긋한 아주머니여서 더욱 놀랐다! 허리가 굽은 할아버지는 촌스러운 유니폼을 입은 야구선수 모습을 했는데, 이상하게 팔락팔락하니 얇아 보였다. 저게 뭘까, 하고 보다가 그림 딱지란 걸 깨닫고는 웃음을 터트렸다. 그림 딱지는 나이 든 남자가 많았다. 스모 천하장사 그림 딱지도 자주 보였다.

어린아이들은 내가 모르는 캐릭터인 경우가 많았다. 어린이 프로그램은 보지 않으니까. 그래도 울트라맨은 역시 인기가 있군. 뭔가 장난이라도 친 건지 엄마한테 엉덩이를 맞던 소년은 스파이더맨이었다. 웃음을 참지 못했다. 스파이더맨 영화를 봤구나. 정의로운 사람이 되고 싶다면 엄마가 하는 말부터 들어야 한단다.

봉제인형 중에 제일 인기가 많은 것은 판다였다. 어른들의 인형은 대부분 어디 한군데가 망가졌거나 더럽혀져 있다. 팔이 없고 귀가 잘린 것이 대부분이다.

추억만 남긴 채 사라져 버린 장난감들. 버려진 것들이 더 많겠지. 잠깐 봐서는 뭔지 알 수 없을 만큼 더러운 것들은 틀림없이 그런 장난감이다.

다나카 아주머니가 말한 대로 인형탈을 쓰고 돌아다니기란 쉽지 않았다. 휴식시간이 자주 주어졌다. 사무실 직원에게 부탁해 접착제를 빌렸다. 우리 지요코의 해진 곳을 고쳐 주고 싶어서다. 꿰매고 싶었는데 인형탈을 쓴 채로 섬세하게 바느질을 하기란 무리였다.

"멀쩡한데 뭐하려고?"

접착제를 건네주던 직원이 이해가 안 간다는 표정을 짓는다. 나는 웃음으로 얼버무리며 탈의실로 돌아와 지요코에게 응급처치를 해 주었다.

오후 세시가 되자 지칠 대로 지쳤다. 한편으로는 인형탈과 장난감의 대행진에 익숙해졌다. 누가 내 곁으로 오든 태연하게 안녕하세요, 하고 인사하며 풍선을 내밀었다.

그렇게 생각하고 있는데—.

한 사람, 평범한 아이가 보였다. 그쪽이 자연스러운 일인데도 나는 깜짝 놀랐다. 중학교 1학년쯤 되었을까. 턱 한가운데가 살짝 들어간, 고집스러워 보이는 소년이다. 티셔츠에 청바지, 유명 브랜드의 스니커즈를 신고 있다.

일요일이었고, 마트에는 문구류도 많다. 중학생이 혼자 오는 것이 이상할 리 없다. 소년이 손님들 틈에 섞여 매장 안으로 사라지는 것을 나는 눈으로 좇았다.

저 아이에겐 어렸을 때 소중히 간직했던 장난감이 없는 걸까. 지금도 전혀 없는 걸까.

그럴 수도 있겠지. 나는 다시 열심히 풍선을 나눠 줬다.

한 시간쯤 지나고 탈의실에서 좀 쉬려는데 사무실이 어수선하다. 토끼머리를 벗고 지나가던 직원에게 물었다.

"좀도둑을 잡았어."

직원은 얼굴을 찡그리며 대답했다.

"중학생인데 아주 상습범이야."

불현듯 조금 전에 지나간 아무것도 입고 있지 않은 소년이 떠올랐다.

"경찰에 신고했어요?"

"글쎄, 일단 부모부터 불러야지."

잠시 후 나는 차가운 음료수를 마시며 땀을 닦고, 인형탈을 고쳐 입은 후 마트 앞으로 나갔다. 택시 한 대가 갓길에 선다. 여자 혼자 내렸다. 그 여자도 평범한 사람의 모습이다. 인형탈 같은 건 입지 않았다. 택시 기사는 마그마 대사│1960년대 일본에서 인기를 끈 모험 만화의 주인공 로봇로 보였지만, 여자는 어디까지나 평범한 인간으로 보였다.

턱이 그 소년을 닮았다.

그 애 엄마로군.

여자는 마트 안으로 사라졌다. 언짢아 보이는 표정은 바겐세일로 인파가 들끓는 일요일의 마트와는 어울리지 않았다.

저녁이 가까워질수록 손님은 더욱 늘어났다. 풍선이 떨어져도 전단지를 나눠 주거나, 아이들과 일일이 악수해 주느라 정신이 없었다. 어쨌든 여섯시면 끝이다. 슬슬 시간이 다 됐군. 그렇게 생각하고 있을 때 여자와 소년이 나왔다.

역시 엄마와 아들이었다. 나란히 걷고 있으니까 정말 많이 닮았다.

두 사람은 무언가에 놀린 것처럼 얼굴을 잔뜩 일그러뜨리고 있었다. 저러다간 턱이 제대로 맞물리지 않을 텐데.

둘은 빠른 걸음으로 내 곁을 지나갔다. 앞뒤 살펴보지 않고 걸어오는 바람에 부딪칠 뻔한 걸 간신히 피했다.

그때 문득 깨달았다. 두 사람 등에 이상한 게 붙어 있다.

먼지 덩어리일까. 아니다, 시커먼 털 뭉치 같다. 검고 둥실둥실한 게 어쩐지 기분 나쁜 생김새다.

깜짝 놀라 토끼머리를 벗었다. 빠른 걸음으로 멀어져 가는 두 사람을 쫓아 몇 걸음 다가섰다.

소년의 티셔츠와 엄마의 블라우스에는 아무것도 붙어 있지 않다.

다시 토끼머리를 썼다. 그러자 두 사람 등에 달라붙은 검은 것이 보인다. 이번에는 모양이 좀 더 분명하게 보였다. 손처럼 생겼다. 갈고리 같은 손가락이 돋은 여원 손이다. 손끝이 소년과 어머니의 어깨를 붙잡고 있다. 거기다 굼실굼실 움직이고 있다. 등에 거미가 기어 다니는 것 같다.

오싹해져 진저리가 났다.

저게 뭘까. 뭐든 간에 나쁜 거란 생각이 든다.

장난감이나 인형을 입고 있는 사람들 뒤에는 저렇게 생긴 검은 손이 붙어 있지 않다. 마트에 온 누구도 저렇게 기분 나쁜 손에 씌지 않았는데.

탈의실에서 인형탈을 벗어 벽에 세워 두었다. 구깃구깃한 핑크색 토끼는 멍청한 얼굴로 나를 보고 있다.

"그게 뭘까? 나한테 뭘 보여 주고 싶었던 거니?"

물론 인형탈은 대답이 없다.

나는 생각해 보았다. 엄마와 아들의 등에 달라붙어 있던 기분 나쁜 검은 손, 세상에 떠돌고 있는 나쁜 손에 대해서. 누구든 그 손에 붙잡힐 위험이 있다. 그 손에 붙잡히면 나쁜 짓을 하게 된다. 물건을 훔치는 것도 그중 하나다.

하지만 대부분의 사람들이 그렇게 되지 않는 건, 몸에 두르고 있는 인형과 장난감이 지켜 주고 있기 때문이 아닐까.

무언가를 소중히 여겼던 추억.

무언가를 좋아했던 추억.

사람은 그런 기억들에 의해 지켜지며 살아간다. 그런 기억이 없는 사람은 서글프리만큼 간단하게 검은 손을 등에 짊어지게 된다.

이 핑크색 토끼 인형탈은 내게 그것을 보여 주었고 가르쳐 주었다.

"너 참 대단하구나." 인형탈에게 말했다.

오 년 동안 창고에 처박혀 있으면서 텅 빈 인형탈 속으로 무언가가 들어왔던 것이다. 나쁜 것이 아닌 아주 깨끗한 무언가가. 그것이 인형탈 속에 쭉 살아 숨 쉬며 신비한 힘을 주게 된 게 아닐까.

이거 갖고 싶다……라고 생각했다.

점장님과 교섭해서 싸게 팔라고 해 볼까. 앞으로도 도시에서 낯선 이들과 뒤섞여 살아가야 하는 나에게 이 인형탈보다 마음 든든한 무기는 없으리라. 쓰기만 해도 나쁜 사람을 분별할 수 있다.

그때였다. 벽에 기대어 있던 인형탈 머리가 천천히 기울었다. 나는 만지지 않았다. 내가 움직인 것이 아니다.

—그러지 마.

인형탈이 나를 보며 고개를 저었다.

갑자기 무서워져 뒤로 한 발 물러섰다. 토끼 인형탈은 이번엔 반대 방향으로 고개를 저어 원래대로 돌아갔다.

이번에도 나는 손대지 않았다.

"알았어, 안 그럴게."

입 밖으로 목소리를 내어 말했다.

"나에겐 지요코가 있잖아."

핑크색 토끼가 희미하게 웃는 것 같았다.

그날 밤 엄마에게 전화를 걸었다. 지요코, 지요코, 하고 떠들어대자 엄마는 당황한 모양이다.

"지요코라면 창고에 있어."

"얼른 가져와!"

아, 다행이다. 엄마가 지요코를 잘 보관해 주었다. 잘됐어, 그리고 미안해 지요코, 창고 같은 데다 가둬 놔서.

  미안해. 깨끗이 잊고 살아서.

"여보세요, 가져왔어. 이걸 어떻게 하라는 거니?"

"지요코는 무사해?"

"무사하고 뭐고…… 좀 더러워."

"손 있는 데가 좀 해지지 않았어?"

엄마는 잠시 말이 없다가 대답했다. "해진 데를 누가 접착제로 붙여 놨네. 네가 한 거니? 제대로 못 했구나. 솜이 비어져 나왔어. 근데 언제 한 거니? 접착제로 붙인 지도 얼마 안 된 것 같은데."

기뻐서 어쩔 줄 몰라하다가 좁은 아파트 벽에 대고 힘껏 웃었다.

"엄마, 이번 주말에 내려갈 테니까 지요코를 햇볕이 드는 곳에 둬. 꼭 그렇게 해야 해."

"너 지금 무슨 말하는 거니? 괜찮은 거야?"

괜찮아, 난 웃으면서 대답했다.

"지요코가 생각나서 데리러 가려고!"

뜻하지 않게 높은 일당보다 더 좋은 선물을 받았다.

그 핑크색 토끼 탈은 또다시 창고에 갇힐 것이다. 언제 다시 밖으로 나올까. 하지만 여러분, 만일 시내 마트에서 인형탈을 쓰고 일하게 된다면 제 이야기를 꼭 기억해 주세요.

당신이 거울을 들여다보면 과연 무엇이 비칠까요?

★
돌베개

04

1

〈우미스나 지구 핫카초 읍민회 여러분에게 부탁드립니다〉

평소 읍민회 활동에 협력해 주셔서 진심으로 감사합니다.

금년 사월 초순 이후, 우리 핫카초에 근거 없는 소문이 퍼졌습니다. 특히 아이들에게 좋지 않은 영향을 미치고 있습니다. 올해 일월 핫카초 동북부의 '다이토 수상공원'에서 살해된 젊은 여성의 유령이 수상공원에 출몰한다는 내용의 소문입니다. 텔레비전 방송국 취재를 계기로 이야기가 과장되어 아이들이 유령을 본다며 심야에 수상공원을 드나들고, 또 그런 아이들을 노린 갈취, 날치기, 치한 행위 등이 횡행하고 있습니다. 교육상, 그리고 치안상 좋지 않은 상황이 반복되고 있습니다. 핫카초 어린이회 연합회에서도 더 이상 간과할 수 없는 사태로 규정하고 있습니다.

초, 중학교 여름방학이 임박했습니다. 부모님 여러분은 각 가정에서 단단히 자녀를 지도해 주시기 바라며, 소문에 휘둘리지 않도록 감독해 주십시오.

1998년 7월 15일
핫카초 읍민연합회 회장 미시마 아키라

2

"아빠 왔어?"

퇴근한 이시자키가 식탁에서 저녁을 먹고 있는데, 웬일인지 아사코가 이층에서 내려왔다. 거실 신문꽂이에서 회람판을 들고 식탁으로 온다.

"어머. 네가 이야기하게?" 아내 미야코가 왠지 모르게 웃는다.

"응. 엄마는 가만있어. 내가 말할게." 아사코도 웃음기를 띠고 말했다. 이시자키는 경계심이 고개를 드는 걸 느끼고 씹고 있던 밥을 서둘러 삼켰다.

시간은 밤 열한시가 다 되었다. 아내와 딸은 벌써 저녁을 먹었다. 이 시간대라면 평소에 아사코는 이층 자기 방에서 꼼짝도 하지 않는다. 이시자키가 귀가해도 웬만해서는 얼굴을 보여 주지 않는다. 외동딸이 그러니 허전하긴 했지만, 미야코에 따르면 아이들도 중학생쯤 되면 자기만의 세계를 갖고 싶어 하기 마련이고, 이런 건 어느 집이나 비슷하다고 한다.

그런데 오늘처럼 극히 드물게 아사코가 아버지를 기다리고 있을 때가 있다. 뭔가 졸라 댈 것이 있어서다. 그렇게 생각하면 확실하다. 이시자키가 경계할 수밖에 없는 상황이다.

지난번에 아사코가 내려왔을 때는 개를 기르게 해 달라며 졸랐다. 그것도 래브라도 리트리버가 아니면 안 된단다. 이시자키는 애완동물에 관해서는 문외한이고 회사에서도 관련된 책을 다룬 적이 없어서 응, 응, 하고 고개를 끄덕였다. 그런데 나중에 미야코가 말하길 순종은 강아지 한 마리에 수십 만 엔은 한다는 게 아닌가. 말도 안 된다고 단칼에 거절하자 앙심을 품은 아사코는 열흘 가까이 아침 식탁에서 아버지와 얼굴을 마주하고도 끝내 말 한마디를 하지 않았다.

그 전에는 자기도 이젠 중학교 2학년이니 휴대전화가 필요하다고 졸랐다. 이시자키는 얘기할 가치도 없다고 거절했다. 아사코는 보름 넘게 이시자키를 투명인간 취급했다. 어쩌다 마주치면 부모의 원수라도 보는 것처럼 째려보았다. 미야코에 따르면 아사코 친구들 중 태반은 휴대전화를 갖고 있는 모양이다. 물론 휴대전화가 옛날처럼 비싸지는 않지만, 아이들이 가질 만한 물건이라고 생각하지도 않는다. 그래서 이시자키는 끝까지 반대했다. 미야코도 엄마 입장에서 반대했는데, 평소 버릇대로 이시자키를 방패막이로 내세웠다. 아빠가 안 된다는데 어쩌겠니—. 그날 이후 아사코의 공격은 이시자키에게 집중되었다.

이처럼 아사코의 요구는 그 자체를 처리하는 것보다 나중 일이 무섭다.

아사코는 회람판을 들고 식탁의 자기 자리에 앉았다. 입가에 옷음을 띠고 있다. 미야코도 기분이 괜찮아 보인다. 이시자키는 서둘러 식사를 마치고 아내가 내미는 찻잔을 받았다. 이시자키는 술이 약해 조금만 마셔도 휘청거리는 체질인데, 그 대신 차를 무척 좋아했다. 생활은 검소해도 퇴근 후 마시는 극상의 옥로玉露가 그의 유일한 사치였다.

하지만 오늘 밤은 옥로의 향기마저 코에 닿지 않는다. 마음이 편치 않아서다. 지난 일 년간 외동딸은 아버지에게 세상에서 가장 어려운 존재가 되어 버렸다. 오늘 밤은 대체 무슨 말을 하려는 걸까?

"아빠, 이 회람판 읽어 봤어?"

아사코가 회람판을 내민다. 낡은 회람판의 회색 판자에 B4 크기의 종이가 한 장 끼어 있다. 늘 봐 온 읍민회 알림이다.

"뭔데?" 이시자키가 회람판을 받아 들었다.

"어쨌든 읽어 봐." 미야코가 재촉한다.

이시자키는 여전히 경계 태세를 늦추지 않고 천천히 회람판을 읽다가 깜짝 놀랐다. 나중에는 자기도 모르게 웃음을 터뜨렸다. 유령이 나온다는 이야기 자체를 처음 듣는데다, 이런 터무니없는 일로 연합회 회장씩이나 되는 사람이 이따위 '부탁 말씀'을 발행하다니 우스꽝스러웠다.

"이봐, 이게 뭐야?

"웃을 일이 아니야." 아사코의 표정은 심각했다. "우리 학교에도 밤중에 수상공원을 돌아다니다가 깡패를 만나 얻어맞은 아이가 있어. 걔는 바로 얼마 전까지 입원했었어."

"뭐? 그렇게 심각한 거야?"

이시자키는 웃음을 거두고 다시 한 번 회람판을 읽었다.

핫카초 읍민회는 이시자키가 살고 있는 이와타초를 포함한 우미스나 지구 소속 여덟 개 읍민회의 연합회다. 회장인 미시마 씨는 이웃 이시카와초 회장직도 겸하고 있으며, 이 지역에서 알아주는 부동산업자다. 이시자키는 직업상 생활이 불규칙해서 읍민회 활동에 거의 참여한 바가 없지만, 미시마 씨와는 약간 친분이 있었다. 재작년 봄에 미시마 씨 아버님의 미수 기념으로 자서전을 썼는데, 그 제작과 발행을 이시자키가 일하는 하라시마 출판사에서 맡았다.

하라시마 출판사는 주로 일본사 관련 학술 연구와 사료를 출간하는 소규모 출판사다. 편집, 영업, 광고에서 총무까지 모두 합쳐 봐야 사원수는 스물두 명. 출판계가 원래 소규모라고는 해도 이만한 인원이면 영세 출판사다. 출판물의 수준에 대해서는 업계에서도 인정받았지만 헤이세이 1989년 일월부터 시작된 일본의 연호가 시작되자마자 터진 불경기로 인해 기존의 출판 기획으로는 회사를 꾸려 나갈 수가 없었다. 그래서 오 년 전부터 시작한 게 자비 출판이었다. 얄궂게도 현재는 이 부문에서 가장 큰 수익을 얻는다. 특히 자서전과 에세이 의뢰가 끊임없이 들어온다. 자서전은 중년 이상, 에세이나 잡문은 이삼십대 젊은 층에서 많이 의뢰한다. 의뢰하는 이들의 세대차는 있지만, 세상은 '나'에 대해 말함으로써 쾌감을 느끼는 시대로 돌입한 듯하다.

미시마 씨는 아버님의 자서전을 만들자는 이야기가 나왔을 무렵 정말 우연히, 이웃 동네에 사는 이시자키라는 남자가 출판사에 근무한다는 말을 얼핏 들은 모양이었다. 그래서 연락도 없이 이시자키의 집을 방문했다. 책을 내려는데 어떻게 해야 하는지 모른다, 전문가에게 맡기는 게 제일 좋다고 생각했다, 라는 이야기였다. 나이는 이시자키보다 훨씬 위로 당시 이미 환갑이었다. 풍채가 좋고 활발한 성격에 두뇌 회전이 빠르다. 무엇보다도 솔직한 인품이 이시자키의 마음에 들었다. 처음에는 이시자키가 근무하는 하라시마 출판사에서 자비 출판을 하고 있다는 걸 몰랐던 모양이지만, 설명을 듣고는 그 자리에서 담당자를 소개해 달라고 부탁했다. 미시마 씨는 이것도 인연이다, 사업을 하려면 인연을 중히 여겨야 한다, 세상 사는 데 중요한 것은 사람과의 관계다, 라고 진지한 얼굴로 말했다. 이것은 미시마 씨의 좌우명이라고, 나중에 그의 아랫사람에게서 들었다.

그런 사람이라 읍민회 활동도 열심이다. 연합회 회장도 당시에 이미 취임한 지 십 년째였다. 듣기로는 미시마 회장의 영향력이 어설픈 구의회 의원보다 강하다고 들었다. 뒤에서 영향력을 행사하는 수상쩍은 인물이란 뜻이 아니라, 지금까지의 실적과 인망이 있어 관청에서도 무시하지 못한다는 의미다. 천성이 호인인데다 이웃 돕기를 좋아한다. 특히 아이들을 좋아해서 연합회 회장 외에도 어린이 연합회 회장을 겸한 지 오래다. 본인의 자녀는 벌써 예전에 성인이 되었지만, 그 말고는 달리 적임자가 없다는 이유로 오늘날까지 회장직을 맡고 있다.

그런 사람이 자기 이름으로 회람장을 돌렸다. 문장을 읽어 보니 그가 직접 쓴 것이다. 음, 확실히 웃고 넘길 만한 일은 아니군. 두어 번 반복해서 읽는 동안에 미시마 씨의 얼굴이 떠오르면서 그런 생각이 들었다.

"유령이 나타나게 된 살인사건이 뭐지?"

"아빠 몰라?" 아사코가 싫다는 눈으로 쳐다본다. "무로마치 시대라느니, 전국시대라느니, 그런 것만 좋아하니까 현대 사회에 캄캄한 거야."

아사코의 설명에 따르면 '그 사건은 아주 큰 소동'이었다고 한다.

올해 일월 십육일은 성인식 이튿날이었다. 아침 여섯시에 개를 데리고 수상공원을 산책하던 주부가 동서로 길고 가느다랗게 뻗은 공원 중앙에 있는 이른바 '철벅철벅 연못'에 다다랐다. 그녀는 연못을 가로지르는 징검돌에 머리가 긴 여자 사체가 걸려 있는 걸 보았다. 하반신은 완전히 물에 잠겨 있었다. 캐멀 색깔 코트에 새빨간 미니스커트를 입고, 신발은 벗겨진 채였다.

새파랗게 질린 주부는 개를 끌고 가까운 파출소를 향해 전력으로 질주했다. 사체에 접근하지 않고 연못 가장자리에서 봤을 뿐인데도 한눈에 죽었다는 것을 알았다고 한다. 하긴 한겨울 이른 아침에 옷을 입은 채로 연못에서 반신욕을 하는 여자는 없을 테니까.

경찰이 달려갔고, 그날 정오에 신원이 밝혀졌다. 수상공원 인근에 사는 십칠 세 여고생으로 전날 저녁에 외출해서는 돌아오지 않아 가족들도 걱정하고 있었다. 검시 결과 몸 곳곳에 구타당한 흔적이 있고, 왼쪽 팔꿈치가 부러졌다. 머리에도 타박상이 있었는데 발견이 늦어질 경우 충분히 치명상이 될 수 있었다. 하지만 사인은 뜻밖에도 동사였다. 된통 얻어맞은 여고생은 실수로 떨어졌거나 누군가에게 떠밀려 연못에 빠졌다. 그때 연못 바닥이나 가장자리에 머리를 부딪쳐 의식을 잃었고, 한겨울 얼어붙을 만큼 차가운 물속에서 동사했다. 무서운 사건이다.

기억을 더듬던 이시자키는 사건이 터진 날이, 초봄에 출간할 자료집 때문에 정신이 없었던 무렵임을 깨달았다. 하필이면 집필이 느린 걸로 유명한 작가와 얽혀 출장 교정을 보는 등 바쁜 나날을 보내고 있었다. 집에는 거의 잠을 자기 위해서만 들어왔다. 신문도 읽지 않고 텔레비전도 안 봤다. 그런 사건 같은 건 전혀 몰랐다. 물론 집에서는 미야코와 아사코가 떠들어 댔겠지만, 그때는 집에서도 대화다운 대화를 하지 않아서 듣지 못했을 것이다.

"텔레비전 방송국에서도 취재하러 왔었어." 아사코가 웃는다.

"아빠는 속세를 떠난 사람이잖니." 미야코도 엄호 사격을 한다.

이시자키는 머리를 긁적였다. "와이드쇼 같은 데서 다룬 건가?"

다룬 정도의 소동이 아니었다구. 엄마와 딸이 한목소리를 낸다.

"마노 요코 리포터를 가까이서 봤어. 이 미터 거리에서."

마노 요코가 누구인지는 잘 모르지만, 그것참 대단하구나, 라는 표정으로 이야기를 재촉했다.

"삼 일 동안은 매일 나왔어. 방송국 스태프들이 상가랑 학교 근처까지 와서 구석구석 찍어 갔어. 여러 사람들의 이야기도 듣고, 사코는 인터뷰까지 했어. 수상공원 근처 맨션에 살잖아."

사코는 아사코의 소꿉친구다.

"그 후로는 취재가 없어서 조용해졌지. 그런데 사체가 발견되고 일주일 만에 범인이 잡힌 거야. 그래서 또 한바탕 소동이 있었어."

범인은 신주쿠의 아파트에 사는 스무 살 대학생이었다. 피해자인 여고생의 '남자친구'로 피해자와는 최근 일 년간 사귀었는데, 헤어지자고 해 홧김에 저지른 범행이었다고 한다.

"처음부터 죽일 생각은 없었나 봐. 때렸더니 연못에 떨어졌고, 그대로 축 늘어져 물에 가라앉더래. 겁이 나서 도망친 거라면서 그게 다라고 했지."

그게 다라고는 말할 수 없다. 때린 것부터가 큰 잘못이고, 정말 죽일 마음이 없었다면 상대가 물에 빠져 기절했을 때 황급히 뛰어들어 끌어내는 것이 인간으로서의 도리다.

범인은 성인이므로 뉴스에 이름과 얼굴이 보도되었다. 이름은 아사이 유스케. 아사코에게는 멍한 게 머리가 나빠 보이는 얼굴이었다고 한다.

경찰이 아사이 유스케를 지목한 이유는 피해자의 휴대전화 사용 기록 때문이었다고 한다. 또한 피해자가 아사이와 헤어지고 싶어 했음은 피해자의 친구들도 아는 사실이었다. 피해자의 가족은 부모와 두 살 아래 동생으로 아사이의 이름과 신원, 피해자와의 관계까지는 몰랐다. 다만 어떤 젊은 남자가 늘 피해자를 '따라다녔'고, 그 남자인 듯한 청년이 심야에 집 밖에 자동차를 세워 놓고 피해자를 불러내거나 데려다 주는 광경을 여러 번 목격했다고 진술했다. 하지만 여고생이 그 남자에게 정확히 어떤 감정을 품고 있었는지는 가족들도 몰랐다. 알려고 하지도 않았다. 와이드쇼에서 얻은 정보임을 전제하며 아사코는 설명했다.

"이상한 부모자식 관계네." 이시자키가 중얼거렸다. "꽃다운 나이의 아가씨인데 좀 더 관심을 뒀어야지."

아사코가 의미심장하게 눈을 굴렸다. "꽃다운 나이의 아가씨니까 관심을 두기 어려운 거야"라고 건방지게 말한다.

"아무렴 어때. 아사코, 아빠한테 부탁할 게 있잖아. 빨리 말하지 않으면 아빠 그냥 주무신다."

그러고 보니 내일 아침은 일찍 출근해야 한다.

"여고생 언니는 일방적인 피해자였어. 마음이 떠난 남자친구에게 헤어지자고 했다가 죽었으니까. 그런데······." 아사코는 갑자기 주먹을 휘둘렀다. "범인이 잡히고 얼마 안 돼서 나쁜 소문이 돌기 시작했어. 그 여고생이 원조를 했다느니, 약을 했다느니, 나이를 속여 술집에서 일했다느니."

'원조'라면 원조 교제의 준말일 것이다. 어린 여학생이 성인 남자와 어울리고 돈을 받는 행위다. 약을 했다면 각성제 같은 마약류 복용인데, 그런 말이 딸 입에서 아무렇지 않게 나오는 것을 듣고 이시자키는 충격을 받았다.

아사코는 전혀 신경 쓰지 않았다. 오히려 눈동자에 정의의 불꽃이 타올랐다.

"전부 근거도 없는 이야기야. 그런데 문제는 그 언니가 그런 여자였다고 꾸며낸 이야기가 퍼지고 있다는 거야."

"왜?"

"그런 여자애라서 그런 일을 당했다고 말해야지만 자기들이 안심할 수 있어서야. 불량 소녀였으니까 그런 식으로 남자에게 살해당한 거다, 어쩔 수 없는 일이었다. 모두들 그렇게 믿고 싶은 거야.

그 언니가 우등생에 주위 평판도 좋았다면 그런 아이가 집착이 강한 남자친구에게 살해당한 사건은 엄청나게 충격적이고 무서운 일이 됐을 거야. 왜냐하면 자기나, 자기 딸도 남자를 잘못 사귀면 언제든 같은 꼴을 당할 수 있다는 얘기니까. 그러면 모두들 두려워지겠지. 그래서 그 언니를 깔아뭉개고 싶어 해. 그런 짓을 당할 수밖에 없었던 아이로 만들고 싶어 해."

그렇군, 하고 생각하면서 이시자키는 천천히 차를 마셨다.

"네가 말하는 '모두들'은 누구야? 이웃 사람들?"

"이웃 사람들도 똑같아." 아사코는 자기 말에 흥분했는지 입을 삐죽거린다. "학교 애들만 해도 그래."

"어떤 학교? 피해자가 다닌 학교?"

"그 언니네 고등학교는 어떤지 몰라. 이타바시 쪽에 있는 여고라고 들었는데."

"뭐야, 알지도 못하면서 말한 거야?"

"난 우리 지역 학교를 말하는 거라구." 아사코가 화를 냈다. "그 언니 나랑 같은 중학교 출신이야."

이시자키는 그제야 납득했다. 아사코는 평소 살해된 여고생의 나쁜 소문을 일상적으로 접하고 있다. 그 여고생은 불과 몇 년 전만 해도 중학생이었으니, 아사코의 학교에는 그 아이에 대한 기억이 그리 오래되지 않고 남아 있다.

"그 언니 담임 선생님들도 아직 학교에 있고……."

"선생님이 소문의 근원지인가?"

"한 사람은 그래." 아사코는 아까보다 더 화가 난 눈초리였다.

"수학 선생인 야마노. 중년 아저씨고 생활지도 담당이야. 원래부터 엄청 싫었어. 옛날부터 그 언니가 손도 못 댈 불량 학생이었다고 아무렇지도 않게 말하고 다녀. 진짜 역겨운 인간이야. 미술 담당인 오가와 선생님은 달라. 그 언니를 알면서도 그런 말은 안 해. 같은 여자니까……."

"그런데 아사코."

이시자키는 아사코의 안색부터 살폈다. 요즘 들어 아버지와 딸의 위상이 뒤바뀌었다.

"그 소문이 엉터리인지 아닌지 너는 확실히 모르잖아. 정말 그 애가 그런 학생이었을 수도 있고. 그 점에 대해서는 생각해 본 적 있어?"

이시자키는 아사코가 한층 화낼 것을 예상했는데, 뜻밖에도 아사코는 살짝 눈을 내렸다.

"거 봐, 아사코." 미야코가 딸의 얼굴을 들여다보며 말했다. "아빠가 그렇게 말씀하실 거라고 엄마가 그랬지?"

더욱 뜻밖이었던 건 아사코의 뺨이 발그스름해지는 것이었다. 이시자키는 아내를 보았다. 미야코는 웃고만 있다.

"아사코, 어서 말씀드려. 가만히 있으면 아빠가 모르시잖아." 미야코가 재촉한다. 딸은 엄마를 향해 새초롬히 눈을 치켜떴을 뿐, 머뭇머뭇한다.

미야코는 한숨을 한 번 내쉬고 이시자키의 찻잔에 차를 새로 부어 주었다.

"아사코가 말이야, 얼마 전에 남자친구가 생겼어."

이시자키는 식탁 의자에 꼿꼿이 앉아 있었다. 그러나 속으로는 덜컥 무너져 내렸다. 갑작스레 화제가 옆길로 샌 것도 있지만, 옆길로 샜다고 생각한 그 화제가 실은 오늘 밤의 진짜 주제였음을 깨달은 탓도 있다.

"남자친구라니, 네가 지금……."

그 말 한마디 꺼냈을 뿐인데 입가에 거품이 일었다.

"나쁜 아이는 아니야." 미야코가 서둘러 진정시킨다. "우리 집에도 온 적이 있어. 성실하고 착한 아이야. 고집스러운 면도 있고. 연약한 남자아이가 많은 요즘 같은 세상에 보기 드문 애야."

이시자키는 찻잔에 달려들 기세로 새로 따른 차를 단숨에 삼켰다. 뜨거웠지만 꾹 참았다. 미야코는 아무것도 모른다. 소중한 열네 살짜리 외동딸에게 남자친구라니. 재벌 집 장남이라고 해도 이시자키에게 그놈은 '나쁜 놈'이다. '남자친구'의 속성은 사악함의 결집, 그 자체이기 때문이다.

"가야마 군이라고 해." 이번에는 아사코가 아버지의 안색을 살피면서 던지듯 한마디했다. "가야마 히데키. 같은 농구부야."

아, 그래? 이시자키는 다시 찻잔을 든다.

"가야마 군은 죽은 언니에 대해 잘 알아. 집이 근처라서 어렸을 때부터 친구였대."

이시자키는 엉겁결에 대꾸했다. "그럴 리 없어. 죽은 애는 열일곱 살이잖아. 연상이라고."

"어렸을 때라면 세 살 차이 정도는 상관없어." 미야코가 나섰다. "가야마 군도 외아들이라서 초등학교 4학년까지는 남동생처럼 귀여움을 받았다고 해."

"당신, 가야마라는 애한테 들었지?"

미야코는 눈치를 보며 끄덕였다.

"응. 맞아."

이시자키에겐 가야마 히데키라는 소년이 더욱 사악하게 다가왔다. 사귄 지 얼마나 되었다고 벌써부터 상대방 어머니의 환심을 사려고 수작을 부리다니, 변변치 않은 놈이 틀림없다.

"가야마 군이 그러는데 그 여학생은 소문과 전혀 달랐대. 고등학교에 입학하고는 한동안 방황해서 주위 분들이 걱정하기도 했지만 일시적인 반항 같은 것이었겠지."

"수험에 실패해서 가고 싶지 않은 고등학교에 갔기 때문이라고 그랬어." 아사코가 거든다. "그래서 학교에 자주 빠졌고, 나쁜 친구들과 어울리게 된 거야……. 하지만 2학년이 되고부터는 정신 차리고 열심히 공부했대. 대학에 갈 거라면서."

찻잔을 식탁에 내려놓자마자 그럴 생각이 없었는데도 긴 한숨이 새어 나왔다.

"이제 알겠군. 아사코의 정보원이 남자친구였구만."

어머니와 딸은 얼굴을 마주 보는 것으로 이시자키의 질문에 답했다.

"그래서 뭘 어쩌겠다는 거야? 남자친구와 힘을 합쳐서 살해된 여학생의 오명이라도 벗겨내겠다는 거야, 응?"

그렇게 말하는 이시자키의 얼굴은 하하하, 하고 웃고 있었다. 그래서 아사코가 "응"이라고 대꾸했을 때도 그 답변이 금방 귀에 들어오지 않았다.

"응, 그렇게 할 거야." 아사코는 다시 한 번 대답했다. "그 문제로 여름방학 자유연구 리포트를 쓸 거야. 어느 사건의 그 후, 같은 타이틀로 정리해 볼 생각이야."

이시자키는 아직 미소가 남아 있는 입을 벌린 채 미동도 하지 않았다.

"뭐라고?"

이시자키는 아사코가 감히 어쩔 수 없는 문제라고 생각했기에 조금 전과 같은 말을 한 것이다. 그래서 웃었다. 그런데 딸은 아주 진지한 얼굴을 하고 있다.

"전교생에게 알려 줄 거야." 아사코는 흥분해서 몸을 내밀었다. "이건 너무 심한 거 아냐? 죽은 사람은 변명도, 설명도 못 한다고. 일방적으로 매도해 버리는 건 너무하잖아."

"사건 직후에 가족이 이사 갔대. 눈앞에 현장이 있으니 얼마나 괴로웠겠어."

"그러니 이젠 그 언니를 변호할 사람이 없다구."

마침내 이시자키가 소리를 질렀다. "그렇다고 네가 나설 필요는 없잖아!"

"당신은 아직도 이해가 안 돼? 주체는 아사코가 아니야, 가야마 군이지. 아사코는 단순히 돕는 역할이야."

이시자키는 찻잔을 움켜쥐었다. 움켜쥐는 것만으로는 속이 풀리지 않는다. 이대로 으스러뜨리고 싶었다. 하지만 아무리 세게 움켜쥐어도 찻잔은 깨지지 않는다.

기운이 빠져 찻잔을 도로 내려놓았다. 정말 순식간에 축 늘어지는 기분이다.

"잘하면 리포트 덕분에 유령 소동이 끝나게 될지도 몰라. 그래서 우리는 더 하고 싶은 거야. 학교에서도 여기저기 물어보며 조사도 많이 했어. 성과도 있었고."

아사코는 한발도 물러날 낌새가 없다. 그중에서도 당연한 듯이 딸의 입에서 '우리'라는 표현이 나왔을 때 아버지는 또 한 대 얻어맞은 느낌이었다.

"그 언니에 대한 음해와 유령 소문의 출처를 대충 알게 됐어."

이시자키는 퍼뜩 정신을 차렸다. 그는 기본적으로는 머리가 좋은 남자다. 사리에 맞지 않는 모호한 대목을 깨닫게 되면 그대로 지나치지 않는다.

"죽은 학생에 대한 소문은 알겠어." 이시자키의 목소리가 높아졌다. "하지만 아사코, 그 문제와 회람판의 유령 소동은 별개의 문제야. 그 애가 유령이 되어 살인 현장에 나타났다면 살아 있을 때 불량해서가 아냐. 살해되었기 때문이지. 억울하게 죽임을 당했기 때문이야. 그러니까 이 두 가지 사안은 완전히 다른 문제야. 그런데 네 이야기를 듣고 있으면 두 가지 문제가 뒤섞여 있어. 출발점부터 틀렸어."

아사코가 웃었다. "미안. 설명을 잘 못했어."

"두 가지 이야기는 관계가 있어." 미야코가 웃으며 끼어든다.

순서로는 살해된 여고생에 관한 좋지 않은 소문이 먼저 퍼졌고, 유령 소동은 그 뒤에 시작되었다고 한다. 다시 말해 유령의 출몰은 그 아이에 관한 나쁜 소문 중 하나로 등장했던 것이다.

"수상공원에 나타나는 유령이 남자에게 말을 건다는 거야."

아사코는 또 슬슬 화가 나기 시작한다는 얼굴이었다.

"그 언니가 원조…… 몸을 팔았다는 소문이 바탕이 된 거지. 남자를 밝히고 음란하고, 돈을 갖고 싶어서 죽어 유령이 된 후에도 밤에 공원을 지나가는 남자가 있으면 아저씨, 나하고 놀래? 하고 말을 건다는 거야."

어쩌다가 말을 건 상대가 여자인 경우에는 침을 뱉고 물러난다고 했다. 이시자키는 순간 유령의 침이란 건 대체 어떤 걸까, 하고 엉뚱한 생각을 했다.

"나도 슈퍼마켓에서 아주머니들이 하는 얘기를 들었는데 유령이 노브라에 노팬티 차림이래." 미야코가 굉장한 말을 아무렇지 않게 꺼냈다.

이야기의 전체상을 알고 나니, 이시자키는 미시마 씨가 회람판에 왜 그토록 진지한 문장으로 '알림글'을 쓰게 되었는지 이해됐다. 동네 아이들과 젊은이들은 노팬티의 여고생 유령을 만나기 위해 밤마다 수상공원에 몰려들고 있었다.

한심하기 짝이 없다.

"그래서 아빠한테 부탁할 게 있어."

아사코가 이시자키의 얼굴을 지그시 바라본다. 드디어 올 것이 왔구나, 하고 이시자키는 각오했다.

"우리가 추려낸 소문의 출처는 세 명이야. 여름방학이 되면 우리가 그 사람들을 인터뷰하러 갈 건데, 그때 아빠가 같이 가 줘."

여름방학 리포트라고는 해도 중학생 둘만 가기는 위험할 테고, 이시자키는 편집자니까 사람을 인터뷰하거나, 요점을 정리하는 데 밝을 거라는 이유였다.

"그렇게 중요한 걸 아빠에게 맡겨 버리면 너희의 리포트가 아니잖아?"

"어머, 글을 쓰는 건 우리야. 아빠는 어디까지나 조력자라구. 괜찮지? 혹시 상대가 화내기라도 하면 무섭단 말야."

이시자키는 머리를 감싸 쥐고 싶었다. 요것이 아빠의 약한 부분을 제대로 알고 있다. 그것도 핀포인트를 공격해 온다.

"그럼 됐지? 아빠, 부탁해!"

최후의 일격인 간지러운 애교 폭탄에 아빠 이시자키는 마침내 무너지고 말았다.

3

살해된 열일곱 살 여고생의 이름은 하타 아유미라고 한다.

아사코는 건방지게도 '아빠용 사건 개요'를 작성해 여름방학까지 앞으로 닷새가 남았으니 그때까지 철저히 예습해 두라고 당부했다.

"지금까지의 정보를 제대로 머릿속에 넣어 두지 않으면 나중에 곤란해질 거야."

이 아빠를 뭐라고 생각하는 거냐, 라고 이시자키는 속으로 슬쩍

화를 냈지만, 결국에는 사건 개요를 읽어 보았다. 마침 한가한 시기라 편집부 책상에 앉아 원고를 읽는 척했다.

막상 읽어 보니 아사코가 예상외로 문장력이 있음을 알게 되어 흐뭇했다. 그 아비에 그 딸이다. 내 피는 제대로 이어받았군. 이시자키는 여타 부모가 그렇듯이 자기 자식이 세상에서 제일이라고 굳게 믿고 있다.

사건 개요에는 하타 아유미의 사진을 컬러 복사한 것도 첨부되어 있었다. 작년 여름 마쓰리_{신사의 제사 겸 축제} 때 찍은 사진이라고 한다. 이곳 제례는 거칠기로 유명한데, 최근에는 여자들도 용감하게 가마를 어깨에 멘다. 사진에는 나이대가 제각각인 여자들이 머리띠에 한텐_{작업용, 방한복으로 입는 일본 겉옷의 하나}, 흰색 모모히키_{타이츠 비슷한 남성용 하의}에 지카타비_{버선 모양의 작업화}까지 갖춰 신은 결의를 다진 듯한 옷차림으로 카메라를 보며 생긋 웃고 있다. 그중에 하타 아유미만이 여름용 화사한 꽃무늬 원피스를 입고, 긴 머리카락을 어깨에 늘어뜨리고 있다. 그렇게 생각해서인지는 몰라도 경박해 보이는 인상이다.

미인—이라고 할 수 있다. 이목구비가 가지런하다. 사진에는 아무래도 화장을 한 것 같은데, 요즘 여고생이 이 정도 화장을 하는 건 대단치도 않다. 통근 열차 안에서 아침부터 향수 냄새를 마구 풍기는 교복 차림의 여고생과 나란히 앉아 진저리 치는 일이 비일비재하다. 동료에게서 손잡이를 붙잡고 서 있는 여고생의 목덜미에 또렷하게 새겨진 키스 마크를 목격했다는 이야기도 들었다. 참고로 그 동료는 딸이 없다. 딸이 없어서 섭섭하다는 말을 자주 했는데, 그날만은 딸이 없는 게 다행이라고 말했다.

아사코는 사건 개요 제1장에서 하타 아유미가 살해된 사건의 사실 관계를 간단히 정리했다. 제2장에서는 소문의 분류와 분석이 이어졌다.

첫째로 아유미의 행실이 나빴다는 소문이다. 이것은 크게 세 가지로 분류된다.

① 원조 교제(매춘)를 하고 있었다.
② 각성제에 중독되었다.
③ 중학생 때 좀도둑질이나 불순 이성교제로 여러 차례 경찰의 지도를 받았다.

①번 소문을 보충하는 내용으로 아유미가 범인인 아사이 유스케와도 매춘으로 알게 되었다는 가설이 있다. 아유미는 휴대전화로 이른바 '음성사서함'을 이용했고, 아사이와의 첫 접촉도 음성사서함을 통해서라고 한다.

③번에 대해 가야마 히데키는 전적으로 부정한다. 아유미가 실제로 지도를 받았다면 당시 동네에 소문이 퍼졌을 것이고, 자기 귀에도 반드시 들렸을 것이다. 그러나 이런 소문은 한 번도 듣지 못했다고 한다.

아사코와 가야마 히데키가 자기네 학교에서 조사한 바에 따르면 '지도'에 관련된 소문의 출처는 아사코가 그토록 분노하는 생활지도 담당교사 야마노 선생이었다. 아사코들이 인터뷰한 동급생은 스물여섯 명. 그중 열여덟 명이 야마노 선생에게 그런 이야기를 직접 들었다고 증언했다. 열여덟 명 가운데 열두 명은 야마노 선생이 고문을 맡고 있는 육상부 소속이다.

이시자키는 으음, 하고 신음했다. 만약 아유미가 경찰에게 지도를 받은 일이 있더라도 야마노 선생은 교사답지 않게 입이 조금 가벼웠다. 그러나 선생이 경솔했다고 해서 소문의 진위를 파악하는 결정적 증거가 되는 것도 아니다. 경찰 지도를 받았더라도 가족과 본인은 그 사실을 숨겼으리라. 다만 학교는 예외다. 경찰이 지도하게 되면 자연히 학교에 통보된다. 이웃에 사는 어린 시절 친구가 몰랐던 사실을 학교 생활지도 선생이 안다고 해도 이상하지 않다. 단지 여러 차례 지도받았다는 대목을 의심해 볼 수 있다. 실제로는 한 번뿐이었는지도 모른다. 소문이 퍼지는 과정에서 횟수가 늘어났을지도 모른다.

①번과 ②번 소문은 ③번만큼 조사가 간단하지는 않았다. 그래도 아사코와 가야마 히데키는 상급생까지 포함해서 자그마치 예순여덟 명을 인터뷰했다. 하나같이 친구나 가족에게 들은 소문을 다시 친구와 가족에게 전했다고 대답했다.

아사코와 가야마 히데키는 예순여덟 명의 인터뷰 대상자 중 열세 명이 '주간지에서 그런 기사를 읽었다', '그런 기사를 읽은 가족이 이야기해 주었다'라고 답변한 것에 주목했다. 그래서 도서관에 들러 사건 당시의 주간지를 모조리 조사했다. 발행 부수가 많은 대형 잡지사 계열의 주간지 두 곳에서 기사를 찾아냈다.

─피해자는 품행이 나쁘고 약물을 사용했다는 의심을 받고 있다.

―돈 씀씀이가 헤프고, 교제가 화려했으며, 음성사서함을 이용해 낯선 남자와 접촉했다.

여기서는 이시자키도 감탄했다. 아사코, 제법이구먼.

마침 점심시간이어서 사건 개요를 덮고 밖으로 나갔다. 걸어서 오 분 거리에 도립도서관이 있다. 곧장 도서관으로 향해 문제의 주간지를 찾았다. 아사코가 몇 월, 몇 호라는 것까지 적어 뒀기에 찾기 쉬웠다.

기사를 읽던 이시자키는 눈살을 찌푸렸다.

아사코가 찾아낸 기사가 있었다. 그러나 아사코가 전문을 인용한 건 아니었다. 양쪽 기사에는 아사코가 사건 개요에서 인용한 문구 앞에, 빠뜨린 중요한 문장이 하나씩 첨부되어 있다. 기사를 쓴 기자에게 정보원이 있었다.

―피해자가 다닌 사립고등학교 관계자에 따르면,

―학교 관계자에 따르면,

핵심적인 부분이다.

이시자키는 황급히 회사로 돌아갔다. 점심식사가 문제가 아니다. 자리에 돌아와 사건 개요를 다시금 펼쳤다.

계속 읽어 봐도 사건 개요에 하타 아유미가 다녔던 고등학교 이야기는 나오지 않는다.

이거 안 되겠군. 이시자키는 실망하면서도 그러면 그렇지, 하고 납득했다.

아사코―라기보다도 조사를 배후에서 지휘한 가야마 히데키는, 어렸을 때 함께 놀았던 다정한 누나와의 추억이 파괴되는 것을 견

딜 수 없었다. 그래서 인터뷰 조사를 시작했다. 여기까지는 납득이 간다. 하지만 그 과정에서 녀석이 내심 품고 있던 희망을 배신할 만한 사실이 나왔고, 녀석은 사실을 직시할 수 없었다. 아사코의 기술에는 하타 아유미의 담임 선생을 만나 봤다거나, 연락을 취했다거나, 아유미의 고등학교 친구들과 접촉했다는 내용이 없다. 앞으로 그럴 예정이라는 말도 없다.

선생이고, 동급생이고, 고등학교 사람들과 만나 이야기를 들어 본들 소용이 없을지도 모른다. 중학교 사람들과 마찬가지로 거짓과 과장에 놀아나고 있을지도 모른다. 하지만 직접 만나 보지 않고는 모르는 일이다. 고등학생 하타 아유미를 가장 가까운 곳에서 지켜본 사람들은 고등학교 관계자다. 그 중요한 대목을 무시한 채 소문은 모두 엉터리라고 혼자 의분에 불타고 있다. 역시나 아직은 경솔하고 어린애 같다. 하긴 아사코도, 가야마 히데키도 실제로 애들이지만.

사람은 변한다. 변하지 않으려고 결심해도 변한다. 그래서 인생은 우스꽝스럽고, 슬프고, 묘미가 있다. 이웃에 살며 잘 보살펴 주던 상냥한 누나도 귀여운 동생이 모르는 곳에서 정도를 벗어날 수 있다. 아사코 또래의 청소년들은 자기들이 변화의 주체이기 때문에 자신이 변하는 것을 오히려 깨닫지 못한다. 나는 가만히 있는데 자꾸만 세상이 변해간다고 생각한다. 그건 착각이다. 움직이고 있는 것은 어디까지나 그들 자신이다.

사건 개요 제2장은 주간지 두 권의 기사를 발견한 부분에서, 마치 큰 공이라도 세운 양 의기양양하게 결론을 내 버린다. 나쁜 첫은 추간지다! 이시자키는 생각보다 더 크게 낙담했다. 나머지 단락을 읽기 전에 담배부터 한 대 피워야 했다. 겸사겸사 회사 인근의 메밀국숫집에서 점심을 먹었다. 어쩐지 맛을 모르겠다.

자리에 돌아와 제2장의 나머지 단락을 읽기 시작했을 때 이시자키는 마음을 추슬렀다. 아사코가 나이에 비해 글 솜씨가 좋고, 조사 능력도 있어 보여 들떴던 걸 반성했다. 아이들이 쓴 글을 읽고 약점이나 보강해야 할 부분을 찾아내는 것이 이시자키가 할 일이다. 되도록 냉정하게 평가해야 한다. 이쪽은 프로니까.

제2장 후반부는 유령 소문의 출처에 대한 조사 기록이다. 유령 소문은 행실에 관한 소문보다 다양해서 아사코도 분류에 고심한 흔적이 엿보인다. 크게 나눠 보면 다섯 가지다.

① 여고생 유령이 철벅철벅 연못가에 서서 손짓하며 부른다.
② 교복을 입은 여고생 유령이 연못 속에서 울고 있다. 유령인지 모르고 말을 걸면 쫓아온다. 걸음이 상당히 빠르다. 잡히면 앙화를 입는다.
③ 속옷 바람의 여고생 유령이 수상공원을 지나는 남자에게 함께 놀지 않겠냐며 말을 건다. 거절하면 사라진다. 여자를 보면 침을 뱉고 사라진다.
④ 미니스커트를 입은 여고생 유령이 연못가에 서 있다. 팬티를 입지 않은 요염한 모습이다.
⑤ 얼굴이 없는 여고생 유령이 수상공원을 돌아다니다가 행인과

마주치면 쫓아온다. 잡히면 익사한다.

이시자키는 쓴웃음을 지었다.

소동을 일으키는 근원은 ③번과 ④번 버전이다. ①, ②, ⑤번은 이른바 도시 괴담의 영향을 받은 것으로 보인다. 발이 엄청나게 빠르다는 건 과거의 '입 찢어진 여자_{입이 귀까지 찢어진 여자가 마스크를 쓰고 사람을 죽인다는 괴담}'가 아닌가.

다섯 가지 버전마다 복수의 증언자가 있고, 번호 밑에 몇 명이 답변했는지 숫자가 적혀 있다.

그런데 그 옆에 어디에도 속하지 않는 버전 두 개가 첨부되어 있었다.

⑥ 철벅철벅 연못가에 살해된 여고생 유령이 나타난다. 새파란
  얼굴로 손에는 두루주머니를 들고 있다.
⑦ 미니스커트를 입은 여고생 유령이 수상공원을 헤매고 다닌다.
  무척 슬픈 얼굴로 통행인에게 공양을 구한다.

⑥번은 증언자가 한 사람뿐이고 이름까지 적혀 있다. 수상공원 맞은편 공영 주택에 사는 아사쿠라 다쿠미라는 청년이다. 이 청년은 다른 증언자들과 달리 유령의 소문을 접한 게 아니라 자신이 직접 유령을 목격했다고 증언했다.

오월 하순이었다. 새벽 한시쯤 수상공원을 지나가다가 유령과 맞닥뜨렸다. 그다지 위험한 느낌은 들지 않았다고 한다.

아사쿠라는 우미스나 지구에 있는 학원에서 강사로 일하고 있다. 따라서 그가 자신의 목격담을 최초로 말했던 대상은 학원에 다니는 학생들이다. 이 무렵에는 벌써 유령 소문이 상당히 전파된 뒤였고, 아사쿠라 강사가 경험담을 털어놓게 된 것도, 수업 직전까지 그 이야기로 시끄럽게 떠들던 학생들이 선생님은 어떻게 생각하느냐고 물었기 때문이다. 소문으로만 듣던 학생들은 아사쿠라가 뜻밖에 직접 봤다고 하자 상당히 흥분했다.

하지만 유령이 '두루주머니를 갖고 있었다'는 말에 모두들 고개를 내저었다. 여고생 유령이 손에 뭔가를 들고 있었다는 이야기는 아사쿠라 버전이 유일하다. 무엇보다 '두루주머니'라는 게 특이하다. 두루주머니 때문에 이 버전은 파급력이 크지 않았다. 그럼에도 '아사쿠라 선생이 두루주머니를 가진 유령을 보았다'라는 소문은 학생들 사이에 널리 퍼져 있다. 당사자인 아사쿠라도 '두루주머니'에 대한 기억이 애매하다. 처음에는 진짜로 봤다고 주장했지만, 나중에 가서는 어쩌면 잘못 본 걸지도 모른다며 정정했다고 한다. 애초에 아사쿠라 선생의 목격담 자체가 거짓말이라고 생각하는 학생들도 꽤 있다.

⑦번 '슬픈 얼굴' 버전의 증언자는 셋이다. 모두 체험이 아닌 소문을 들었다는데, 이시자키가 보기에 이들 셋은 마음이 무척 따스하거나 부모님의 신심이 깊을 거라고 생각했다.

제3장에 이르러 드디어 아사코는 앞으로의 계획을 밝힌다. '돌격 인터뷰 대상'으로 세 사람이 리스트에 올라가 있다.

- 세탁소의 이시이 아주머니
- 야마노 선생
- 아사쿠라 다쿠미

세탁소의 이시이 아주머니라면 미야코에게 자주 들었던 그 세탁소 아주머니일 것이다. 동네에서 '방송국'이라는 별명으로 유명한 여자다. 있는 말 없는 말 잘도 떠들어 대고, 자기에게 난처한 얘기는 깨끗이 잊어버린다.

아사코와 가야마 히데키는 하타 아유미가 중학생 때 행실이 나빴다는 소문이 증폭된 지점으로 이시이 아주머니를 떠올렸다. 아주머니는 아유미 어머니의 남자관계가 복잡했다는 소문까지 마구 퍼뜨리고 있다며, 느낌표를 붙여 강조했다. 화가 많이 난 모양이다.

기분은 이해하지만 좋은 태도는 아니라고 이시자키는 생각했다. 공동체마다 '방송국' 한두 명은 있는 법이다. 일일이 박멸했다가는 끝이 없고, 그런 시도 자체가 무의미하다. 명예훼손으로 소송을 걸어야 할 만큼 큰 문제가 아닌 이상 내버려 두는 것이 상책이다.

그 아주머니에 따르면 이시자키는 '언제 도산할지 모르는 가난한 출판사의 만년 평사원'인데, '그 증거로 이시자키의 정장은 모두 싸구려이고 안감은 기운 흔적으로 가득하다'고 주장한다. 그런데 미야코는 지금껏 이시이 세탁소에 옷을 맡겨 본 적이 없다고 한다. 미야코는, 그 집 솜씨가 꽝이거든, 하고 말했다. 덧붙여 세탁소 아주머니가 하는 말을 진심으로 받아들이는 사람은 없다고도 했다.

두 번째 야마노 선생을 상대로 어떻게든 돌격하고 싶다면 함께 가 줄 수 있지만, 그다지 유쾌한 결과가 나오진 않을 것이다. 하타 아유미가 경찰에게 지도받은 사실을 확인하는 것이라면 더 빨리 알아낼 수도 있다. 이시자키에겐 방법이 있었다.

세 번째 아사쿠라 다쿠미는 유령을 자기 눈으로 직접 목격했다고 하는 귀중한 증언자다. 한번 만나 보는 것도 재미있을 듯싶다. 젊은 학원 선생이라면 아사코가 접근하기도 쉽다. 다만 이 청년이 정신세계니 초현실 현상이니 하는 이상한 데에 물들어 있는 위인이 아니라는 보장이 없다. 사람은 자기가 보고 싶은 것을 본다. 소문의 유령이 보고 싶다고 생각하면 정말 선명하게 눈에 보이는 게 인간이다.

이시자키는 사건 개요를 덮고 눈을 비볐다. 주간지 기사의 제보자를 묵살한 시점에서 아사코와 가야마 히데키의 리포트는 존재 가치가 사라졌다. 가치가 사라졌다는 말이 지나치다면 '그 아이들이 이 일에 뛰어든 의의가 퇴색되었다'라고 바꿔 말할 수 있다. 아버지로서, 그리고 문장으로 저술된 것을 세상에 내놓는 편집자의 한 사람으로서 이 문제는 아사코와 진지하게 대화해 봐야겠다.

"뭘 그렇게 열심히 읽어?"

뒤에서 목소리가 들렸다. 사와노 선배가 들여다보고 있었다. 이시자키보다 팔 년이나 먼저 입사한 유능한 편집자다. 갓 입사했을 때부터 이 선배에게 일을 배웠다. 나중에는 아이 양육부터 부부 싸움을 수습하는 방법까지 배웠다. 이시자키에게는 성인이 된 이후 친누나보다 더 의지하는 존재다.

마음 한구석에는 아사코의 글이 제법 쓸 만하다는 자부심이 깔려 있었다. 이시자키는 그 이야기가 하고 싶어 자초지종을 설명했다. 사와노 선배는 책상에 기대어 듣다가 결국 가까이에 있던 의자를 끌고 와서 진지하게 들었다.

"아이들 장난 같은 거죠." 이시자키는 반쯤은 멋쩍은 걸 숨기려고 웃으며 이야기를 마쳤다. "빈틈도 많고요."

사와노 선배는 진지한 표정으로 고개를 저었다. "그렇지 않아. 아사코가 정말 대단하네. 감동했어."

"에이, 지나치세요."

"아빠라는 사람이 이렇게 모르다니. 확실히 주간지 기사에 관해서는 실수했어. 하지만 명쾌하잖아. 요즘엔 그렇게 분별 있는 아이들이 별로 없어. 그리고……."

선배는 이시자키 쪽으로 상체를 내밀었다.

"내가 제일 감탄한 대목은 자기가 아사코에게 왜 그런 쓸데없는 소문이 떠도느냐고 물었을 때의 대답이야."

—자기들이 안심할 수 있어서야.

—그래서 그 언니를 깔아뭉개고 싶어 해.

"아사코의 말대로야. 하지만 중학생이 쉽게 생각해 낼 수 있는 문제가 아니지. 아주 훌륭해."

"그런가요?" 이시자키는 쑥스러웠다.

"내가 작년부터 에도 시대의 민간전승을 책으로 편집하고 있잖아?"

분량이 많은 책이다. 저자는 민속학자인데 이 책 다섯 권을 마치기 전까지는 새로운 현장 조사를 하지 않을 거라고 한다.

"그중에 '돌베개'라는 이야기가 있어. 고전적인 패턴이기는 한데……."

산 속에서 길을 잃어버린 나그네에게 숙소를 제공하는 친절한 부부가 있었다. 사실 이 부부는 지친 나그네에게 음식과 목욕을 권하고, 안심한 나그네가 완전히 잠들면 살해해 금품을 빼앗았다.

"나그네에게 권한 침상은 베개가 돌로 되어 있어. 그 베개를 베고 잠든 나그네의 머리를 망치로 때려죽였지."

구체적으로 상상하면 무시무시한 광경이다.

"그런데 이 부부에겐 딸이 하나 있었어. 딸은 부모의 극악무도한 행동을 말리고 싶어 했어. 그래서 어느 날 몰래 나그네와 잠자리를 바꿨지. 자신이 돌베개를 베고 누운 거야. 그런 사실을 알 리 없는 부부는 여느 때처럼 망치를 휘둘러서 딸을 죽였어. 나중에야 아, 내 딸이었구나, 하고 후회했지만 이미 늦었다는 이야기야."

인과응보. 나쁜 짓을 하면 돌고 돌아서 자신에게 돌아온다는 교훈의 구비전승이다.

"저자 선생님과 이야기를 해 봤어. 이런 인과응보의 사고방식이 우리 마음속에 뿌리를 내려 여간해서는 사라지지 않으리라고 생각한다, 그런데 요즘 세태를 보면 잘못 생각했던 것 같다, 앞으로 십 년쯤 후에는 나쁜 짓을 하면 벌을 받는다는 이야기가 옛날이야기를 다루는 그림동화에서도 사라지게 될 것이다, 라고 하시더군."

이시자키도 동감이다. 예사로 사람을 죽이거나 상처 입히고도 거리끼지 않는 인간들이, 특히 젊은이들이 무섭게 증가하고 있다.

"그런 세상도 재미있을 거야. 재미있다는 표현이 좀 그렇지만, 흥미로운 건 사실이지. 나쁜 짓을 하면 반드시 대가를 치른다는 사고방식의 벡터는 사라졌을지언정, 불행한 일을 당한 사람에겐 틀림없이 그렇게 될 수밖에 없는 나쁜 요소가 있는 벡터가 기능하기 시작한 거니까. 범죄 피해자의 프라이버시가 점점 더 무시되고 있잖아? 다들 피해자에게 무례한 짓이란 걸 알면서도 보다 자세히 알고 싶어 하고, 알려졌으면 해. 그 내막에 무언가 자신과는 다른 '나쁜' 요소가 있는 게 아닐까 하고 생각하니까. 사이비 종교에서는 재난을 겪은 사람들에 대해, 그들의 행실이 나빴기 때문이니 인과응보라고 하잖아."

선배는 얼굴을 살짝 찡그렸다.

"뒤집어 생각해 보면 잘못한 것도 없는데 살해되거나 상처받는 사람이 늘어나서, 나도 그런 일을 언제 당할지 모른다는 불안이 우리 안에 퍼져 있다는 증거겠지."

"맞아요······." 이시자키는 팔짱을 끼며 동의했다.

"수상공원에서 살해된 소녀는 안됐어도 범인이 잡혀서 다행이야. 올해 연휴 직후였나, 우리 동네에서도 젊은 여자가 살해됐어. 단기대학에 다니는 여학생이라던가. 그 근처에 단기대학이나 전문학교가 많거든."

선배는 나카노 외곽에 살고 있다.

"밤중에 일어난 사건이었어. 묻지 마 살인이었대. 아직도 범인이 안 잡혔어. 피해자는 교살되었다더군. 현장이 엉망이 되어 있을 만큼 아주 대단했던 모양이야. 여자도 살려고 필사적으로 저항했다는 뜻이지."

정말 큰일 날 세상이야, 라면서 선배가 일어났다. 이시자키도 사건 개요를 가방에 넣었다.

그날은 정시에 일이 끝났다. 어제처럼 술자리 유혹도 없었다. 이시자키는 곧장 귀가하기로 했다. 여름 해는 길다. 지하철 계단을 올라 지상으로 나와도 해 질 녘 하늘이 밝다. 문득 수상공원에 가 볼까, 하고 생각했다. 근처였다.

철벅철벅 연못 근처에는 꽤 오랫동안 가 보지 않았다. 최초 발견자인 주부처럼 개라도 길렀다면 산책하는 습관이 붙었겠지만, 앉아서 하는 직업에 바쁠 때는 죽을 만큼 바빠 걸어 다닐 기회 자체가 줄었다.

동서로 길게 뻗은 수상공원에는 입구도 여러 군데다. 대충 짐작으로 철벅철벅 연못과 가까울 것으로 보이는 입구로 들어섰다. 이 계절에 무턱대고 공원을 돌아다녔다간 각다귀에 물려 큰일 나기 때문이다.

나무가 우거진 공원 한쪽의 인도를 걷고 있는데 제복을 입은 순경과 두세 명의 남자가 둥그렇게 서서 이야기하는 것이 보였다. 자세히 보니 미시마 회장이 있다. 미시마 회장도 이시자키를 발견하고는 어이, 하며 손을 올렸다.

경찰은 자전거를 타고 왔다. 이시자키는 순간 안 좋은 생각이 들었다.

"또 무슨 사건이라도 터진 겁니까?"

인사를 하고 가까이 가며 큰 소리로 물었다. 다른 남자 둘도 읍민회 사람들 같다. 얼굴을 본 기억이 있다.

"아니에요, 아니에요. 순찰 문제를 상의하는 거예요." 미시마 회장은 둥근 얼굴 한가득 땀에 젖어 말했다. "오늘 밤이 엔니치_{신불과 인연이 있는 날. 이날 종교 활동이나 신사 참배를 하면 영험하다고 알려졌다}잖습니까."

"수고하시네요."

"애들은 정말 어쩔 수가 없어." 넥타이 없이 셔츠만 입은 남자가 말했다.

"유령 같은 게 어디 있다고 말이죠." 경찰 옆에 서 있던 남자도 거든다. "사람은 죽으면 그뿐이에요. 나쁜 짓을 할 리가 없죠. 무서운 건 살아 있는 사람이라고 신물이 나도록 가르쳐도 안 돼요."

그들은 손에 지도를 들고 있었다. 수상공원 안내도였다. 빨간색 연필과 파란색 연필로 두 개의 루트가 그어져 있다.

"아이들도 유령을 겁내지는 않아요. 재미있어하지." 이시자키도 한마디했다. 남자들은 쓴웃음을 지었다.

"오늘은 일찍 퇴근하셨네요. 어느 쪽으로 가시나?"

미시마 회장의 질문에 이시자키는 난처해졌다. 이제 와서 현장을 구경하러 왔다고는 말할 수 없다.

"너무 더워서 공원을 지나가는 편이 더 시원하지 않을까 해서."

"아, 그건 안 되지. 모기에 물려." 회장은 굵은 팔뚝을 북북 긁었다.

이시자키는 일찌감치 그 자리를 떠나기로 했다. 들어온 입구로 되돌아가는 것도 이상해서 그들 곁을 지나 다음 출구로 나가야겠다고 생각했다. 그런데 뜻밖에도 다음 출구가 꽤 멀다. 여간해서는 찾기도 힘들 지경이다. 집에서 점점 더 멀어져 간다. 간신히 출구로 빠져나와 큰길로 나왔을 때는 온몸이 땀에 흠뻑 젖어 있었다.

'어, 여긴?'

수상공원은 구불구불하게 굽은 모양새다. 따라서 출구를 잘못 선택하면 동네가 달라진다. 이시자키는 발길을 멈추고 손수건으로 땀을 닦으며 주변을 둘러보았다.

작고 낡은 빌딩들이 나란히 서 있다. 창고도 보인다. 유료 주차장 간판이 이제야 기우는 태양 빛을 반사하고 있다.

'그러고 보니.'

이시자키는 문득 깨달았다.

'이 근처일 거야. 이젠 문 닫았겠지만.'

길을 걸으면서 이시자키는 간판을 찾아보았다. 정확히는 네온 간판이다. 해가 떠 있는 동안에는 조명을 켜지 않을 테지만······.

'아직 있네.'

약간 오른편으로 기울어진 네온 간판이 보인다. '알함브라'라고 쇠못으로 긁어낸 것 같은 글자다. 삼 층짜리 건물로 약간 중세 시대의 성 같은 분위기다. 그러나 가까이서 보면 날림공사임을 한눈에 알 수 있고, 동시에 뭐하는 곳인지도 알게 된다.

러브호텔이다.

이시자키는 건물 앞에 섰다. 입구는 굳게 닫힌 채 각목을 십자로 박아 놓았다. 벽보가 붙어 있었던 모양이다. 저절로 떨어진 건지 누가 벗긴 건지는 모르겠지만 종이의 네 귀퉁이만 남아 있다.

예상대로 폐업했다. 혹은 도산일 수도 있다. 어쨌든 꽤 오래전에 그렇게 된 것 같다.

지역에서 혐오당한 건물이다. 왜 이런 곳에 러브호텔이 덩그러니 들어섰는지는 아무도 모른다. 그래도 처음 문을 열었을 땐 제법 장사가 됐다. 주말에는 '만원'이라는 게시가 입구에 붙어 있었다.

벌써 십칠 년 전 이야기다. 아사코가 태어나기 훨씬 전으로 이시자키와 미야코가 신혼이었던 시절이다. 둘이 이곳을 찾은 적이 있다. 딱 한 번뿐이지만.

그때는 이시자키의 부모님과 함께 살았다. 살던 자리는 여전하지만, 지금은 건물을 새로 지어 그때만 해도 지금 집의 절반도 안 되는 넓이였다. 당연히 신혼부부에겐 불편한 점이 한두 가지가 아니었다.

'알함브라'가 지역의 맹렬한 반대를 무릅쓰고 문을 연 것도 딱 그 무렵이었다. 전단지가 뿌려지자, 이시자키의 어머니는 불같이 화를 냈다. 그래도 미야코는 전단지를 보고 기억해 두었다. 그러고는 결혼 일주년 기념일에 데려가 달라고 몰래 졸랐다.

—러브호텔은 가 본 적이 없어. 한 번쯤 가 보고 싶어. 영업한 지 얼마 안 돼서 깨끗할 거야. 아직 서비스 요금만 받는대.

말은 그랬지만, 본심은 둘만의 오붓한 시간이 필요하다는 소망이었다. 박봉의 이시자키에게 여행은 사치였다. 미야코도 잘 알고 있다.

결국 부모님에겐 영화를 보러 간다고 거짓말을 했다. 극장이라면 인근의 JR역 앞에 있다. 게다가 심야에는 상영하지 않는다. 어쩔 수 없이 초저녁에 집을 나섰다.

JR역에 갈 때면 항상 자전거를 타고 갔다. 거짓말이 탄로 나지 않게 하기 위해 각자 자전거를 끌고 나왔다. 둘은 무척 진지한 얼굴로 자전거에 올랐다. 집에서 멀어질수록 웃음이 터졌다. 너무 웃겨서 눈물이 날 만큼 웃었다. 그 바람에 자전거는 오른쪽으로 비틀거리다가 다시 왼쪽으로 비틀거렸다. 스쳐 가는 사람들 눈에는 이상하게 보였을 것이다.

이시자키는 아직도 생생히 기억하고 있다. 지금 수상공원 자리는 당시엔 운하였다. 운하를 따라 난 길로 접어들면 지나가는 사람도 드물다. 한적한 길가에 미야코의 자전거를 세워 놓고, 미야코는 이시자키의 자전거에 탔다. 그렇게 하고 싶다고 아내가 졸랐다.

—기분 좋다.

이시자키의 등에 매달리며 미야코가 말했다.

이시자키도 마찬가지였다. 늦더위가 기승을 부리던 구월 초순이었다. 아스팔트 도로에 붉은 햇빛이 반사되었다. 그 속에서 둘은 노래를 흥얼거리며 '알함브라'를 목표로 페달을 밟았다. 미야코의 머리에서 샴푸 냄새가 났다. 둘은 아직 젊었다.

그 후 일 년쯤 지나 부모님은 큰형의 부임지로 이사했고, 지금의 집을 이시자키와 미야코에게 넘겨주면서 동거는 끝났다. 부모님과 함께 사는 동안에는 아이가 없었다. 어머니는 아이가 생기지 않는다면서 미야코에게 은근히 눈치를 주셨다. 그런 압박을 견뎌내던 미야코는 부모님이 떠나자마자 임신했다. 그 일로 이시자키는 혼자 마음고생을 했다. 그동안 아내에게 미안한 짓을 한 것 같았다.

그렇게 태어난 아이가 아사코다. 딸은 이제 열네 살이다. 십사

년의 세월이 흐르고 '알함브라'는 폐허가 되었다. 남은 건 추억뿐이다. 그 추억마저도 이렇게 우연히 발길이 닿지 않고서는 마음속에 가라앉아 그대로 잠들어 있다.

이시자키는 '알함브라'의 닫힌 문 앞에서 담배 한 대를 물었다. 항상 갖고 다니는 휴대용 재떨이에 꽁초를 넣고 집으로 향했다. 이제야 황혼이 물들고 있다.

4

아사코에게는 일주일만 시간을 달라고 부탁했다. 아빠는 생각할 일이 좀 있어, 그건 그렇고 글은 잘 썼더라.

칭찬을 받은 아사코는 기뻐했다. 이시자키가 무엇을 생각하겠다는 건지 캐묻고 싶어 하는 눈치였지만, 억지로 참는 것 같았다.

이시자키가 일주일만 기다려 달라고 말한 것은 만나야 할 상대가 쉽게 만날 수 있는 인물이 아니었기 때문이다. 경시청 수사 1과 형사라는 직업은 흉악한 사건이 수시로 터지는 요즘 같은 세상에서는 자기 집에도 제대로 못 들어간다.

이름은 기타바타케 요시미. 정확한 나이는 모른다. 이시자키보다 대충 대여섯 살 위가 아닐까 예상하고 있다. 여자처럼 귀여운 이름이지만 억척스러운 중년 아저씨다.

십 년 전 하라시마 출판사는 메이지 시대부터 쇼와 초기에 일어난 유명 엽기 사건을 모아 책으로 낸 적이 있다. 당시 저자의 희망으로 사건이 발생한 장소와 관할 경찰서 몇 군데를 취재했다. 기타바타케 형사와는 오자키 경찰서에서 만났다. 책을 많이 읽고 역사를 좋아하는 인물이었다. 도움에 대한 사례로 책을 몇 권 보내면서 개인적인 인연이 닿았다. 그래 봐야 서로 바빠서 일 년에 몇 번씩 신주쿠 인근의 선술집에서 한잔하는 게 고작이다. 그마저도 삼 년 전에 기타바타케 형사가 경시청으로 자리를 옮기면서 힘들어졌다.

예상했던 대로 약속 잡기가 쉽지 않았다. 어렵사리 본인과 연락이 닿은 건 칠월 십구일이다. 다음 날이 바로 여름방학이다. 아사코와 약속한 날짜가 이틀밖에 남지 않았다.

늘 만나는 가게로 향했다. 기타바타케는 십 분 늦게 도착했다. 막 나오려는데 급한 전화가 와서 붙잡혔다고 한다. 흰머리가 조금 늘었다. 기타바타케는 살이 쪘다며 이시자키를 놀렸다. 부인과 마짱(아사코(麻子)의 '麻'는 '마'로도 발음된다)은 잘 지내느냐고 물었다. 기타바타케에게도 아사코朝子라는 딸이 있다. 이시자키는 힘이 넘쳐서 걱정이라는 말로 대답을 대신하며 조짱(아사코(朝子)의 '朝'는 '조'로도 발음된다)은 어떻게 지내느냐고 물었다. 머잖아 결혼할 것이라고 한다. 곧 스무 살이 되는데, 나 역시 조숙해서 일찍 결혼했으니 딸이 나를 닮은 모양이라며 기타바타케는 내내 멋쩍어했다.

한동안은 딸의 결혼 이야기로 본론을 꺼낼 틈이 없었다. 마침내 이시자키는 가방에서 아사코가 쓴 사건 개요를 꺼내 설명을 시작했다.

기타바타케는 사람들에게 이야기를 묻고 듣는 게 직업이다. 요령껏 핵심을 파악하고 아사코의 사건 개요를 읽었다. 표정에는 변화가 없다. 쭉 훑어본 후 천천히 문서의 중간쯤으로 돌아와 다시 꼼꼼히 읽었다. 제2장 부근인 듯했다.

기타바타케가 사건 개요를 테이블 위에 올려놓았다. 이시자키가 실제로 아유미의 품행에 문제가 있었는지 알아봐 달라고 부탁하려는데, 그가 먼저 날카로운 어조로 선수를 쳤다.

"이것 좀 빌려줘."

이시자키는 뜻밖의 요구에 당황했다. "안 좋은 대목이라도 있는 거야?"

기타바타케가 두툼한 손을 흔들었다. "그런 건 아냐. 하지만 중요한 일이야. 이게 도움이 될 것 같아."

말을 마치고는 생맥주를 단숨에 들이켠다. 코밑에 묻은 거품을 닦을 생각도 하지 않고 진지한 표정으로 말했다.

"마짱은 진짜 대단한 딸이야."

삼 일이 지났다. 이시자키가 밖에서 돌아오자 사와노 선배가 큰 소리로 불렀다. 미야코에게서 급한 전화가 걸려 왔다는 것이다.

무슨 일인가 싶어 얼른 수화기를 들었다.

"여보, 회사에 텔레비전 있어?"

"아, 있어."

"그럼 빨리 틀고 뉴스를 한번 봐. 빨리, 빨리!"

시키는 대로 편집부의 낡은 텔레비전 스위치를 켜고 뉴스를 찾았다. 사와노 선배도 어느새 곁으로 다가왔다.

"무슨 일이야?"

마누라가 이상한 소리를 해서—라고 대답하려던 이시자키는 텔레비전 리모컨을 손에 든 채 그대로 얼어 버렸다.

얼굴 사진이 화면에 비쳤다. 모르는 얼굴이다. 하지만 자막에 뜬 이름은 안다.

아사쿠라 다쿠미, 이십오 세.

체포되었다고 한다. 올해 오월 초 나카노에서 일어난 여자 단대생 살인사건의 용의자로 아사쿠라 다쿠미가 체포되었다고 한다.

"우리 동네 사건이네." 사와노 선배가 말했다. "부인이 이걸 보라고 한 거야?"

이시자키는 전화기 옆으로 달려왔다.

"미야코, 이게 뭐야?"

"나도 몰라!" 아내가 외쳤다. "그런데 방금 기타바타케 씨한테서 전화가 왔어. 회사에 걸었더니 당신이 없다고 해서 나한테 대신 전해 달라고 했어. 그럼 말한다? 말하면 알아들을 거랬어."

"알았어. 뭔데?"

"아사쿠라를 체포한 건 마짱의 공이고, 경시총감상을 받게 될 거래. 그렇게 전해 달래. 알아들었어?"

전혀 모르겠다.

기타바타케에게서는 나흘 후 밤이 되어서야 전화가 왔다. 십 분밖에 통화할 수 없다며 속사포처럼 설명을 이었다.

"나카노 사건의 피해자에 대한 정보 중에 공개되지 않은 사항이 하나 있었어."

살해된 여자 단대생은 여름용 미니원피스에 하얀 구두를 신고 흰색 숄더백을 메고 있었다. 그리고 옷차림에 어울리지 않는 '두루주머니' 하나를 갖고 있었다.

"헌 옷 자투리로 만든 두루주머니였어. 피해자 할머니가 직접 만든 것이지. 그날 밤 사건이 있기 전에 피해자는 할머니 집에 놀러 갔어. 거기서 저녁을 먹었지. 할머니에겐 지갑, 쌈지 같은 걸 만드는 취미가 있었어. 사랑하는 손녀에게 최근에 만든 작품 중에 마음에 드는 걸 가져가라고 했지. 피해자는 그걸 가방과 함께 어깨에 메고 집을 나섰어. 마음에 들기도 했을 테고, 할머니를 기분 좋게 만들려는 의도도 있었겠지. 그 두루주머니에는 핸드백처럼 쓸 수 있게 어깨끈이 달려 있었어."

피해자는 그 끈으로 목이 졸려 살해되었다.

"피해자의 소지품을 흉기로 사용한 걸 보니 계획적인 범죄는 아니었지. 골치 아픈 사건이었어. 하지만 두루주머니라는 게 특이했지. 그래서 진범을 확인하기 위해 교살에 사용된 흉기가 무엇인지는 공개하지 않았어. 그런데 마짱의 사건 개요를 읽다가 깜짝 놀랐어. 스물다섯 살 학원 강사가 그 동네 사건 피해자가 가지고 있었을 리 없는 두루주머니 이야기를 하니까. 왜 아사쿠라라는 놈은 두루주머니를 유령이 들고 있었다고 이야기했을까."

죄악감 때문이다―. 이시자키는 소름이 돋는 와중에도 그렇게 생각했다.

조사해 보니 아사쿠라 다쿠미는 나카노의 사건 현장과 인연이 있었다. 대학 졸업 후 이 년간 다녔던 전문학교가 현장에서 이백

돌베개

미터 거리에 있었다. 친한 친구도 근처에 살고 있어 자주 방문했다. 여기까지 밝혀낸 것으로 사건이 해결되었다고 기타바타케는 말했다.

"모두 마짱의 조사 덕분이야. 이시자키, 자네 정말 멋진 딸을 뒀어."

이시자키는 고마워하며 전화를 끊었다. 하지만 별로 기분이 유쾌하지는 않다. 뱃속에 먹물 같은 게 흐르는 느낌이었다.

아사쿠라 다쿠미에게 수상공원에 출몰하는 젊은 여자 유령은 남자친구와의 이별 문제로 살해된 하타 아유미가 아니었다. 아사쿠라가 자기 손으로 죽인 나카노 단대생의 유령이었다.

아사쿠라는 그것을 봤다. 그 유령은 분명 장소에 맞지 않는 '두루주머니'를 들고 있었다. 원망스러운 듯 새파란 얼굴이었다.

학원생들에게 들려준 목격담 그 자체가 거짓말이었을 수도 있다. 아이들을 즐겁게 해 주려고, 혹은 장단을 맞추려고 농담을 꺼냈을 뿐인지도 모른다. 살해된 젊은 여자 유령이라니, 당시의 그로서는 입에 담기조차 싫은 화제였겠지만 도망칠 수는 없다. 태평한 얼굴로 대화 속에 뛰어들어야 했다. 재미있는 이야기로 만들어야만 했다. 위험한 느낌은 들지 않았다고 말해야 했다.

그런데 아사쿠라의 내면에는 진짜 유령이 있었다. 그의 양심은 유령의 형태가 되어 그의 마음 밑바닥에 버티고 있었다. 계속해서 그를 위협했다. 따라서 그가 만들어 낸 이야기 속 유령은 잊고 싶어도 잊지 못하는 피해자의 원망을 나타냈고, 자신이 지닌 사악함의 상징이라고 할 수 있는 두루주머니를 들었다. 들지 않을 수 없었다.

사람은 보고 싶은 것을 본다. 바깥세상을 보고 있는 것 같아도 결국은 자기 마음의 광경을 보고 있다.

사라졌다고 생각한 '돌베개'의 벡터가 죄악감이라는 형태로 아직 세상에 남아 있는 것인지도 모른다. 이시자키가 그렇게 말하자 사와노 선배는 생각에 잠긴 얼굴로 고개를 끄덕였다.

"그 벡터가 하타 아유미를 죽인 아사이 유스케에게도 남아 있었을까……."

아사쿠라 다쿠미는 구속 직후 자백했다. 친구 집에서 술을 마시고 취해 혼자 걸어가는 여성을 보고는 이상한 생각이 들어 우발적으로 저질렀다. 피해자를 죽인 후 매일 밤 악몽을 꿨다. 체포되니 차라리 편하다—라고.

또 한 번 세간의 이목이 쏠려 우미스나 지구가 조금 소란해졌다. 세간의 관심이 줄어들기를 기다려 이시자키는 어느 날 아사코를 데리고 산책에 나섰다. 이번 일의 자초지종을 설명해 주기에는 수상공원이 적격이라고 여겼다. 낮은 너무 더워서 해 질 녘을 택했다. 그래도 아사코는 햇볕에 타기 싫다면서 밀짚모자를 썼다.

딸은 작은 꽃다발을 들고 왔다. 철벅철벅 연못에 꽃다발을 던지고 부녀는 짧게 묵도했다. 하타 아유미의 불명예스러운 소문이 한 사람의 억울한 피해자를 구제했다.

이야기는 꺼내기 어려운 대목으로 옮겨졌다. 기타바타케에게 부탁해 알아보니 하타 아유미는 분명 품행에 문제가 있었다. 그 아이가 다니던 학교에서는 한때 정학과 퇴학도 생각했지만, 본인이 반성하는 기미가 보여 좀 더 지켜보기로 했다. 중학생 때 경찰 지도를 받은 것도 사실이었다. 소문처럼 '여러 번'은 아니고 두 번이었다. 아유미에겐 두 개의 얼굴이 있었다. 가야마 히데키는 그중 하나밖에 보지 못했다.

소문에는 망측한 색이 덧칠해져 있었지만 그 윤곽은 꾸며낸 게 아니었다.

아사코가 모기 때문에 가렵다고 불평해 부녀는 철벅철벅 연못을 지나 확 트인 곳으로 나왔다. '알함브라' 쪽으로 나가는 출구가 앞에 있다. 딸과 함께 있을 때 그런 추억이 뇌리를 스치는 것은 쑥스럽다. 자연히 이시자키의 말수가 줄어들었다.

그때 아사코가 밀짚모자 차양을 들어 올리며 놀란 목소리로 외쳤다.

"어, 가야마 군!"

길 반대편에서 티셔츠에 청바지를 입은 껑충한 키의 소년이 걸어오다가 아사코의 목소리에 우뚝 멈춰 섰다. 그의 손에도 작은 꽃다발이 들려 있다.

아사코가 달려오는데도 소년은 줄곧 이시자키가 신경 쓰였는지 머뭇거린다. 아사코는 이시자키를 뒤돌아보며, "아빠, 가야마 군이야" 하고 거리낌 없이 소개했다.

소년은 석양을 배경으로 서 있다. 눈이 부셔서 똑바로 쳐다볼 수 없다. 이시자키는 소년을 똑바로 보지 않았다. 눈을 가늘게 뜨고 도로 맞은편으로 시선을 돌렸다.

숨이 멎는 것 같았다.

황금색으로 기울어지는 한여름의 노을 아래로 자전거를 탄 젊은 남녀가 흔들흔들, 즐거운 얼굴로 흔들리며 지나고 있다. 딱 '알함브라' 쪽으로 향했다. 바람을 받아 남자의 흰 와이셔츠 소매가 부풀어 오르고, 여자의 머리카락이 하늘로 퍼진다.

젊은 날의 이시자키와 미야코였다. 가슴이 두근거리듯 돌아가는 자전거 바퀴의 리듬이, 미야코의 머리카락 냄새가, 허리를 감싸 안은 젊은 아내의 온기가, 이시자키의 전신에 선명하게 되살아났다.

눈을 깜빡여 정신을 차려 보니, 처음 보는 젊은 연인이 지나가고 있다. 순간적인 착각이었다. 여자가 뭐라고 속삭이자 남자가 크게 웃는다. 잠시 후 자전거가 건물 그늘에 숨어 보이지 않았다. 두 사람의 목소리도 들리지 않는다. 그저 잔상만이 이시자키의 눈에 남았다.

사람은 자기가 보고 싶은 것만 본다. 보는 것은 자기 마음의 내면뿐이다. 좋은 것도, 좋지 않은 것도, 아름다운 것도, 추한 것도.

"아빠."

부르는 목소리에 눈을 돌리자 아사코가 근심스러운 눈으로 그를 보고 있다. 모자 끝을 매만지는 몸짓은 영락없는 소녀였지만, 블라우스 소매로 비치는 팔뚝의 부드러운 곡선은 아이가 조금씩, 그러나 확실히 소녀에서 숙녀로 우화羽化하려 함을 확인시켜 주었다.

이시자키는 잠시 눈을 감고 아직 남아 있는 잔상을 마음속에 소중히 담아 두었다. 그리고 눈을 떴다. 아사코의 남자친구—처음 만나는 남자친구를 향해 몸을 돌렸다.

살짝 당황하던 소년이 미야코의 말처럼 고집스러운 눈매로 이시자키를 바라본다. 약간 들뜨기는 했어도 뜻밖에 침착한 목소리로 말했다.
 "처음 뵙겠습니다."

★
성흔

05

1

 삼월 말, 눈 섞인 차가운 비가 내리는 오후였다.
 아침부터 나와 수다를 떨던 사람들은 모두 세 명으로 낯익은 얼굴들이다. 이 낡은 빌딩의 관리인과 그가 고용한 아르바이트 청년, 그리고 옆방에서 수예 교실을 운영하는 노부인. 화제는 오늘의 추위와 눈에 대해서였다. 쉰 살은 족히 되었을 관리인은 삼월에 도쿄에서 내리는 눈은 의외로 폭설이 되곤 하는 법이라고 했다. 아르바이트 청년은 대걸레를 한 손에 쥐고 지구 온난화와 이상 기후에 대해 자기만의 이론을 한 자락 늘어놓았다. 수예 교실의 노부인은 추워서 목에 감은 내 머플러를 칭찬해 주었다. 부인의 애용품인 지팡이의 미끄럼 방지 고무캡에는 얼어붙은 눈이 덩어리져 달라붙어 있었다.
 텔레비전 아나운서까지 봄에 내리는 뜻밖의 눈에 대해 이야기하려 했다. 하지만 오후가 되어 등장한 네 번째 인물은 날씨를 화제로 삼지 않았다. 손에 든 반투명 비닐 우산 끝에서 물방울을 떨어뜨리며 말했다.

"이 사무소 분이신가요?"

문을 반쯤 열고 문손잡이에 한 손을 건 채, 후드가 달린 회색 비옷에서도 물방울을 떨어뜨리며 남자가 말했다.

어깨에서 가슴까지 형광 테이프를 붙인 비옷이다. 근처 초등학교 아이들의 등하교 시간에 횡단보도에 서 있는 교통안전 지도원의 비옷과 비슷하다. 노란색이었다면 나는 안전 지도원이 찾아온 것으로 생각했을 것이다. 초등학생들의 통학로를 책임지는 사람이 매일 아이들이 지나치는 낡은 빌딩에 입주한 사설 정보회사에 부탁할 일이라니, 무엇일지 짐작도 가지 않았다.

"그런데요." 내가 대답했다.

남자는 들어오지 않고 그 자리에 서서 사무실 안을 둘러보았다. 사무실 안 어딘가에 나의 이름과 신분, 업무의 신뢰를 보증하는 것들—예를 들어 면허장이라든가, 경찰서에서 내준 감사장, 유력자와 웃으며 악수하고 있는 액자 사진이 있지 않을까 기대한 모양이다. 나이는 나와 비슷하거나 조금 위로 보였다.

깊숙이 눌러 쓴 후드 테두리와 비옷 자락에서 계속 물을 떨어뜨리던 남자는 어물거리는 음성으로 물었다.

"이런 데서는 예약하지 않은 개인의 의뢰도 맡아 주십니까?"

빌딩 앞에 있는 플레이트 안내판에는 노부인이 운영하는 '해바라기 수예 교실' 옆에 '센카와 조사사무소'라는 간판이 걸려 있다. 회색 비옷의 남자가 '이런 데'라는 애매한 표현을 쓴 이유가 회사명을 대표하는 '센카와'가 나라고 예상하지 못했기 때문인지, 아니면 '수상쩍어 보이는 이런 조그만 사무소'라고 은근히 깎아내리기 위해서인지 잠깐 생각해 보았다.

"어쨌거나 예약 없이 의뢰하러 온 고객처럼 보이지는 않는군요."

비옷을 입은 남자는 노크를 하고 한 호흡 쉰 뒤 문을 열었다. 망설이거나 주눅 드는 태도가 아니다. 여기가 어떤 일을 하는지 예비지식이 없는 사람 같지는 않았다.

"하시모토 씨가 가르쳐 주셨습니다."

남자는 충혈된 눈을 한두 번 깜빡이며 말했다.

"도신육영회 이사이신 하시모토 씨 말입니다. 아, 아니지." 남자는 급하게 말을 이었다. "지난주 임원회의에서 부이사장님이 되셨지요."

남자가 머리를 움직이자 비옷 후드에서 버석거리는 소리가 났다.

나는 고개를 끄덕이고 남자를 응접세트 쪽으로 안내했다. "비옷은 벽에 걸어 두세요. 우산은 거기 비젠야키_{일본의 유명한 도자기 상표} 항아리에 꽂아 두시고."

남자는 그제야 발밑의 도자기 항아리를 발견한 듯이 뒷걸음질쳤다.

"타계한 국보급 도예가의 작품을 사칭한 가짜예요."

바닥에 금이 갔지만 우산을 세워 두는 정도로는 물이 새지 않는다.

남자는 흠칫거리는 손놀림으로 비젠야키 항아리에 우산을 꽂고 비옷을 벗으려다가 아직 후드를 쓰고 있다는 것을 깨달았는지 급하게 벗었다. 짧게 깎은 반백의 머리가 나타났다. 이목구비뿐 아니라 머리 전체가 보이면서 나는 남자의 연령을 보다 높게 잡았다.

남자는 우산꽂이 곁에 서서 또 한 번 어두침침한 사무소를 둘러보았다.

"하시모토 씨 말로는 개인이 하는 곳이라 입이 무겁다고 하셨는데요."

나는 대꾸하지 않고 책상 앞에 서 있었다.

"도신학원에서도 이곳에 골치 아픈 일을 몇 가지 의뢰해서 잘 해결되었다고 들었습니다."

반백머리 남자는 제발 부탁이니 무슨 말이라도 해서 자기가 하시모토 부이사장에게 얻은 정보를 증명해 달라는 얼굴이었다.

"단지 조사를 해 드린 것뿐입니다."

나의 답변에 후드 없이는 약간 우락부락해 보이는 남자의 얼굴에서 긴장이 풀렸다. 눈가에는 희미하지만 기미가 끼어 있다.

"솜씨가 좋고 믿을 만한 분이라고 하시모토 씨가 말씀하셨습니다."

천천히 응접세트에 다가서다 남자는 다시 걸음을 멈췄다.

"하지만 여자분일 줄은 미처 생각지 못했네요."

퍽 실례되는 착각을 했다는 듯, 멋대로 느낀 거북함을 없애려는 듯 말했다.

"아이들 상대라면 여자분이 맞을지도 모르지만."

남자는 상냥하게 웃어 보이려 했다. 나는 웃지도, 대답하지도 않고 재차 앉기를 권했다.

"커피 괜찮으세요?"

탁자 옆 커피메이커에 다가가며 물었다. 다른 것을 마시고 싶다고 해도 없다. 반백머리 남자는 고개를 끄덕이며 막 생각났다는 듯이 품에서 흰색 손수건을 꺼내 얼굴을 닦았다.

회색 비옷 안에 비치는 옷은 신사복이 아니다. 식당, 그것도 플로어가 아닌 주방에서 일하는 사람의 옷차림이다. 풀을 먹인 하얀 겹옷에 하얀 바지를 입고 있다. 앞치마는 벗고 온 것 같다. 남자가 축축한 손수건을 접어 품에 넣을 때, 하얀 손수건 끝자락에 남빛으로 새긴 '데라시마'라는 글자가 보였다.

"'데라시마' 씨?"

커피 잔을 받침 접시째 테이블에 올려놓으며 말했다.

"'절'이라는 뜻의 데라寺 일본어로 '데라'라고 읽는다에 시마島 일본어로 '시마'라고 읽는다인가요? 아니면 뫼산山 변에 새鳥가 붙는 시마嶋인가요?"

자세를 고쳐 앉고 보니, 반백의 남자는 더욱 조리사처럼 보였다. 남자는 마술이라도 본 것처럼 눈을 깜빡거렸다.

"하시모토 씨에게서 연락이 왔습니까?"

"아뇨."

손수건을 보고 알았어요, 하고 깨끗이 밝혔다. 남자는 품 안을 들여다보고 "아" 하고 소리 내며 끄덕였다.

"제 가게 이름입니다."

소파에서 허리를 일으켜 바지 뒷주머니에서 얄팍한 지갑을 꺼낸다. 꽤 오래된 검은 가죽 지갑이다. 거기서 명함 한 장을 꺼내 잠시

망설이다가 직접 건네는 대신 테이블 위에 살며시 내려놓는다.

'일식점 데라시마'. 주소는 간다묘진시타의 오기 빌딩 지하 일층이다. 전화와 팩스 번호는 있지만 홈페이지 주소는 없다.

"뫼산 변입니다."

명함에는 '사장 데라시마 고지로'라고 인쇄되어 있었다.

"카운터 자리 열 개밖에 없는 작은 가게예요. 제가 주방장도 겸하고 있지요."

딸 내외가 도와주고 있습니다, 라고 변명처럼 빠르게 덧붙인다. 그렇게 말한 이유는 곧 알게 되었다.

"지금은 오후 휴식시간이에요. 잠깐 은행에 다녀오겠다면서 빠져나왔습니다."

묘진시타에서 여기까지 택시를 탄다면 십 분쯤 걸린다. 오늘은 날씨가 이래서 조금 더 걸렸을 수도 있다.

"몇 시까지 돌아가셔야 되죠?"

데라시마 고지로는 반사적으로 벽시계를 찾다가 자기 손목시계를 보고 말했다.

"두 시간 정도는 괜찮아요."

눈가에 기미가 생길 만큼 중요한 용건치고는 꽤 조급해했다.

"딸 내외에게 알리고 싶지 않습니다."

김이 오르는 블랙커피를 바라보며 작게 중얼거렸다.

"내가 그것에 관계하는 것을 무척 싫어해요. 무리도 아니지요. 미하루도 태어났으니."

'그것'이 무엇인지를 묻기 전에 확인부터 했다.

"미하루는 손자지요?"

데라시마 씨는 또 마술을 본 것처럼 눈을 크게 뜬다.

"따님 부부의 자식이겠군요."

"네, 이제 팔 개월입니다."

"하시모토 씨와는 따님의 학교 관계로 알게 되셨나요?"

"아닙니다. 우리 가게 단골이세요. 한 십 년쯤 찾고 계시죠."

갑작스레 손님을 대하는 말투로 바뀌었다.

도신학원의 역사는 길지 않지만, 수도권에서는 이름난 사립학교다. 초, 중, 고등학교에 대학교와 단기대학까지 갖추고 있다. 도신 육영회는 이들 학교를 운영하는 재단법인이다. 도신학원의 기틀은 쇼와 초기에 어떤 자산가가 설립한 고등여학교였다. 현재는 남녀 공학이지만 비율은 6대4로 여학생이 더 많다. 일반적인 이미지로는 잘 사는 집 자녀가 다니는 사립학교다.

그 '일반적인' 이미지를 지키기 위해 나는 몇 차례 하시모토 이사, 현재의 부이사장에게 의뢰를 받았다. 앞으로도 그럴 것이다. 그의 전속은 아니다. 하시모토 부이사장의 신뢰를 얻어 강력한 인맥이 되었지만, 내가 하는 일은 내가 직접 선택한다.

그렇다. 나는 아이들을 대상으로 하는 조사원이다. 학교와 가정을 상대하기도 한다.

데라시마 고지로는 커피를 마시고 컵을 받침 접시에 탁, 하고 내려놓았다.

"하시모토 씨는 성실한 분인데."

데라시마 씨의 목소리가 가늘게 떨렸다.

"**청탁병탄**도량이 커서 선악을 구별하지 않고 받아들인다는 뜻하신 분이에요. 그저 엄격한 교육자이기만 한 건 아니죠. 당신도 하시모토 씨의 의뢰를 받고 일해 봤으니 잘 아시겠지만."

나는 말없이 그를 마주 보았다. '당신도 아는' 의뢰란 심각한 집단 따돌림, 미성년자의 대마초 소지, 탈의실에서 일어난 강제 외설 행위 등이다. '성실한' 하시모토 부이사장이 데라시마 씨에게 거기까지 털어놓았는지는 그 창백하고 우락부락한 얼굴만 봐서는 짐작하기 어려웠다.

"그래서 하시모토 씨가 신뢰하는 조사원이라면 그것에 대해 이야기해도 되겠다고 생각했습니다."

또 '그것'이라고 말한다. 무기물을 가리키는 대명사는 아닌 것 같았다.

"데라시마 씨가 여기 오신 이유가 따님이나 사위, 손자 때문이 아니라는 건 알겠습니다."

서둘러 후드를 벗었을 때처럼, 남자는 자신이 무례했음을 이제 알았다는 듯 목을 움츠렸다.

"죄송합니다."

소리가 날 만한 건 없었지만 남자가 떨고 있다는 게 느껴질 만큼 손을 바들바들 떨었다. 남자는 그 손을 서툴게 움직여 품 안에서 봉투를 꺼냈다.

"이것 좀 봐 주세요."

자기는 보기 싫은지 눈을 내려뜨렸다.

"분명히 본 기억이 있을 겁니다."

어쩐지 자포자기하는 말투다.

봉투를 열었다. 접은 편지지와 흑백사진 한 장이다. 스냅사진 보다는 작았고 신분증명서에 붙이는 증명사진을 확대한 것 같았다.

열셋에서 열다섯쯤 된 소년이다. 카메라를 정면으로 응시하고 있다. 짙은 색 정장 상의에 체크 넥타이를 맸다. 교복이겠지. 넥타이도 똑바로 맸고, 와이셔츠 단추도 맨 위까지 빈틈없이 잠갔다.

반듯한 이목구비 때문인지 오히려 개성이 없어 보이는 인상이다. 길게 찢어진 눈. 조금은 부석부석한 외까풀에 오뚝 선 콧날. 흑백사진이 흔히 그렇지만 전체적으로 밋밋하다. 오른 눈썹 관자놀이 근처에 작은 점이 숨어 있다는 게 특징이라면 특징이다.

고개를 들자 데라시마 씨도 눈을 들었다. 좀도둑질을 하다가 현장에서 붙잡힌 중학생 같은 눈초리였다.

고개를 기울이며 내가 말했다. "데라시마 씨는 어떤 근거로 제가 이 소년을 기억하고 있을 거라고 예상하셨지요?"

데라시마 씨의 눈가에 그늘이 졌다.

"십이 년 전에도 이 사무소에서 일하셨나요?"

"방금 데라시마 씨가 말씀하신 대로 여기는 개인회사예요. 저는 경영자인 동시에 이곳의 유일한 조사원입니다."

나는 그렇게 말하며 살풍경한 사무소를 훑어보았다.

"십이 년 전에는 사무소가 없었어요. 덧붙여 말씀드리면 조사원도 아니었구요."

데라시마 씨가 입은 주방장 유니폼 같은 흰색 겹옷의 목 언저리가 느슨해졌다. 그의 어깨가 아래로 내려앉았기 때문이다.

"정말 모르십니까?"

낙담한 몸짓과 달리 목소리는 믿을 수 없는 낭보를 들은 것처럼 반가워한다.

"이건 그 무렵 잡지에 실린 사진입니다. 지금도 인터넷을 검색하면 금방 보게 될 겁니다. 청소년을 전문으로 조사한다고 들었는데, 이런 대사건에 관심이 없으셨나요?"

자녀도 있으실 텐데—라고 데라시마 씨가 덧붙였다. 잠시 내 얼굴을 보다가 찜찜하다는 표정으로 고개를 숙인다.

"아니, 그것과는 관계가 없나?"

아이 문제로 이곳을 찾는 의뢰인들은 판에 박은 듯 조사원으로서의 내 능력이나 신뢰도보다는 내게 자식이 있는지를 알고 싶어 했다. 그들은 한결같이 어른이라면—특히 성인 여자라면 아이가 있어야 한다, 그렇지 않고서는 아이의 마음과 아이가 하는 짓을 이해하지 못한다, 라고 믿고 있다. 그런 말을 하지 않더라도 태도에서 그런 속내를 감추지 않는다. 정작 아이를 가진 본인들은 자기가 가르치는 학생이나 자녀 문제로, 제삼자에게 '조사'라는 형태로 개입해 주기를 부탁하면서 말이다. 아이를 가진 자신들이야말로 아이들의 마음과 행동을 이해하지 못하고 있다는 반증임을 쉽게 잊어버린다.

"이 소년이 누군데요?"

소년은 무표정이라기보다, 이런 종류의 사진에 어울리는 표정을 짓길 강력히 거부하듯 정면을 응시하고 있다. 나는 하얗게 정돈된 그 얼굴을 가리키며 물었다. 데라시마 씨의 대답을 듣고 싶었다.

데라시마 고지로는 내 손가락에 이끌리듯 사진 위로 시선을 옮겼다. 그의 자리에서는 거꾸로 보일 소년과 눈이 마주친 것처럼 얼굴을 찡그리며 대답했다.

"내 아들입니다."

'내'라는 말이 살짝 흐려져 다른 말처럼 들렸다. 사투리는 아니었다. 단지 목소리가 쉬었을 뿐이다.

"가즈미입니다. 십이 년 전에는—, 그 사건을 일으켰을 때는 '소년A'로 불렸습니다."

데라시마 씨는 얼굴을 찡그린 채 결심한 듯, 나를 마주 보며 말을 이었다.

"부모를 죽이고 담임 선생님도 죽이려다 학교에서 인질극을 벌였죠. 이래도 기억나는 게 없습니까?"

대답하지 않고 사진을 보았다.

나는 그를 알고 있다.

십이 년 전 사월의 어느 아침, 사이타마 시내의 자택에서 자고 있던 생모와 그녀의 내연남을 군용칼로 찔러 죽인 후 사체의 목을 절단, 태연히 교복으로 갈아입고 등교해 같은 흉기로 담임이었던 여선생에게 상처를 입히고 인질로 붙잡아 경찰과 두 시간 넘게 교실에서 대치했던 열네 살 소년을.

2

 나의 지식은 언론의 보도를 통해 얻은 것뿐이다. 게다가 벌써 십이 년이나 된 옛날 이야기다. 솔직히 털어놓자 데라시마 씨는 뜻밖에도 약간 안심하는 얼굴이 되었다.
 "그렇다면 처음부터 말씀드리는 편이 좋겠군요."
 그에게 무엇이 '처음'인지 나는 모른다.
 "가즈미는 옛날에 제가 시바노 나오코에게서 얻은 아들입니다."
 두 사람은 결혼 후 몇 년이 안 돼 이혼했고 아이는 시바노 나오코가 데려갔다. 친권도 그녀에게 돌아갔다.
 "그러고는 인연이 끊어졌습니다. 어디서 어떻게 사는지도 몰랐어요. 그 사건이 일어나고 아이 이름은 밝혀지지 않았지만, 범인이 열네 살이라고 하고 살해된 여자—, 그 아이 엄마 이름이 보도된 걸 보고 알게 됐습니다."
 처음 알게 된 시점에는 주위 사람 누구에게도 알리지 않았다. 헤어진 전처가 어떻게 살고 있는지 몰랐기 때문이다. 나이가 가즈미와 같았지만, 그 소년이라고 단정 지을 수도 없었다. 시바노 나오코가 재혼했는데, 상대에게 가즈미와 같은 나이의 아들이 딸려 있을지도 모른다고 생각했다.
 "생각했다기보다는 그런 것이기를 빌었습니다."
 소원은 며칠 만에 물거품이 되었다. 사건 수사 관계자와 기자들이 범인인 '소년A'의 친부 데라시마 씨를 찾아왔기 때문이다.
 그가 이런 식으로 전처와 자기 아들의 소식을 듣게 된 데에는 복잡한 경위가 있다. 데라시마 씨가 '처음부터' 이야기하겠다고 말한 이유가 있었다.

이십칠 년 전, 막 조리사 면허를 취득한 데라시마 고지로는 롯폰기의 어느 일식요리점에서 견습으로 일하던 중 시바노 나오코를 알게 되었다. 데라시마 씨는 스물한 살, 나오코는 스물여덟 살. 당시 나오코는 같은 가게의 경리였다. 사귀고 얼마 안 되어 나오코가 임신했다. 쉽게 말해 '속도위반'이었다.

"저희 집은 후쿠시마에서 과일 농사를 짓습니다. 가업은 형님이 이어받으셨어요. 제법 규모가 커서 생가에 남아 도와드릴 수도 있었지만, 어렸을 때 조금 놀았기 때문에 고향에서 버티기가 힘들었어요. 마침 권하는 분이 계셔서 도쿄의 조리학교에 입학했습니다."

데라시마 씨가 말한 '조금 놀았다'는 것은 오토바이를 훔쳐 무면허로 타고 다니거나, 심야에 역 앞 번화가에서 친구들과 모여 있다가 경찰서에 붙잡혀 가거나, 학교에서 음주, 흡연을 하는 것이었다. 지방 청년들이 객기를 부리는 수준이다. 그만한 일로 고향을 떠났다는 것은 그의 생가가 성실한 가풍이었음을 역설적으로 말해주었다. 실제로 그는 생가에서 보낸 돈을 헛되이 하는 일 없이 조리학교를 무사히 졸업하고 자격증까지 취득했다.

"도쿄로 가는 게 어떻겠느냐고 권한 외삼촌이 조리사였어요. 그분도 도쿄에서 배웠고, 그때는 고향에서 가게를 하고 계셨지요. 관광 가이드북에 실릴 만큼 유명했습니다. 외삼촌이 저를 아끼셔서 중학교에 입학하고부터는 곧잘 주방에서 도와드렸죠. 소질이 있다는 칭찬도 받았죠."

저도 요리가 좋았고요, 라며 말을 이었다. "맛있는 걸 좋아합니다. 술은 약한 편이지만."

나오코는 술꾼이었다.

"그보다도 더 문제가 된 건 파친코였어요. 요즘엔 그런 걸 보고 '의존증'이라고 하더군요."

사귀던 시절에는 몰랐다.

"아직 애송이였고 나오코에게 푹 빠져 있었습니다. 나오코는 상업고등학교를 나와 부기를 할 줄 알았어요. 그래서 여기저기 경리로 전전했는데, 한군데에 오래 다니지 못했죠. 파친코에 갈 돈이 없으면 회사 금고나 금전출납기에 손을 대는 나쁜 버릇이 있었거든요. 그런 버릇도 결혼 전까지는 몰랐습니다."

나는 이쯤에서 프로 조사원다운 면모를 보여 줘야겠다고 생각했다. "나오코 씨의 나쁜 버릇을 결혼 후에 깨달았다기보다는, 결혼을 결심했을 때 집안의 어느 분께서 알려 주셨겠죠?"

내 실력에 감탄했는지는 모르겠지만, 데라시마 씨의 표정이 어두워졌다.

"나오코의 신상을 조사한 분은 아까 말한 외삼촌입니다. 도시에서 생활한 적이 있으셔서 제가 처음에 나오코를 생가에 데려갔을 때 직감하셨나 봐요. 우리 아버지도, 어머니도, 형님도 모두 태평한 분들이라 그런 생각은 절대로 못하셨지요."

"조사에서 다른 문제도 나왔겠죠."

이번에야말로 데라시마 씨는 감탄한 기색이 역력했다. 그러나 칭찬해 줄 생각은 없어 보였다.

"이혼한 전력이 있었습니다. 아이가 하나 있다는 것도 알았고요. 그때 열 살이었으니까 나오코가 열여덟 살에 낳은 아이였지요."

첫 번째 결혼 상대는 그녀가 다녔던 상업고등학교의 교사였다. 그녀보다 스무 살이나 연상이었다. 그는 시바노 나오코가 졸업하기를 기다렸다가 정식으로 입적했고, 반년 후에 아이가 태어났다.

"결혼하고 일 년도 못 살았나 봐요."

"아이는요?"

"딸이었어요."

대답 직후 데라시마 씨는 성별을 묻는 질문이 아니었음을 깨달은 듯 손으로 얼굴을 쓸어 올렸다.

"나오코의 어머니가 맡아서 키웠습니다. 집은 사가미하라인데, 어머니가 역 앞에서 조그마한 분식집을 했죠."

나오코의 어머니는 요샛말로 싱글맘이었다면서 왠지 모르게 자신이 없어 보이는 표정을 지었다.

"나오코 씨는 어머니와 사이가 어땠나요?"

"좋은 관계는 아니었습니다. 갓난아기를 억지로 내맡기고 가출해 버렸으니까요. 저에겐 이혼에 관한 것도, 아이에 관한 것도 모두 숨겼습니다."

숨겼다기보다는 없던 일로 하고 싶었으리라.

"나오코의 어머니도 망나니 딸을 찾으려고 하지 않았어요. 실망했다기보다는 거의 버린 셈이었죠. 그런데 가즈미가 사건을 일으킨 뒤로 기자들이 외할머니와 아버지가 다른 누나를 알아냈습니다. 가게를 닫고 두 사람은 어디론가 도망갔어요. 제가 알기로 나오코의 어머니는 성실한 분이셨습니다. 아이도 열심히 키웠구요."

데라시마 씨는 다시 손으로 얼굴을 매만졌다. "창피한 이야기지만, 텔레비전 리포터에게서 두 사람이 나고야의 어느 동네에 살고 있다는 얘기를 들었습니다. 저는 알아보려고 하지도 않았고, 그럴 만한 여유도 없었어요."

"그 후로 소식은?"

"없습니다. 그쪽도 우리와의 인연을 바라지 않을 테니까요."

작은 목소리로 당연하다고 중얼거렸다.

나는 자리에서 일어나 각자의 잔에 커피를 따르고 책상 서랍에서 유리 재떨이를 꺼내 테이블에 올려놓았다.

그것을 본 데라시마 씨는 살았다는 얼굴로 앞가슴을 두드렸다. 하지만 담배가 만져지지 않는 모양이다. 나는 재떨이를 꺼낸 서랍에서 마일드세븐 라이트와 일회용 라이터를 꺼내 재떨이 옆에 놓았다. 애연가가 담배를 주머니에 넣는 것도 잊은 채 택시에 탔다. 그가 얼마나 다급한 마음으로 이곳에 왔는지를 보여 주는 가장 확실한 증거였다.

"한 대 피우겠습니다."

데라시마 씨가 문 담배에 불을 붙여 주고, 나도 담배 한 대를 물었다.

"그런 사정이 있어 가족들은 전부 결혼에 반대했습니다."

깊이 들이마신 담배 연기를 길게 내뿜으며 데라시마 씨가 하던 이야기를 계속했다. "그럴수록 저는 화를 냈지요. 나오코가 나보다 일곱 살이나 많다고 하면 나이가 많으니 의지할 수 있다고 대들었고, 파친코나 씀씀이가 헤프다는 말이 나왔을 때는 결혼해서 안정을 찾으면 나쁜 버릇은 모두 고쳐질 거다, 내가 고쳐 주겠다고 장담했습니다."

"씀씀이가 헤픈 것과 남의 돈, 자기 돈을 구별하지 못하는 문제는 다른데요."

이제와 내가 지적하지 않아도 데라시마 씨는 뼈에 사무치도록 알고 있었으리라. 대답 대신 담배를 피웠다.

"그래서 저도 오기가 생겨 이것저것 애썼습니다만."

이 년 삼 개월 만에 부부는 이혼을 결심했다.

"변명처럼 들리겠지만 파친코 때문은 아니에요. 나오코에게 남자가 있다는 것을 알게 돼서―, 그것도 저와 결혼하기 전부터 그런 사이였다는 걸 알게 되면서 이건 아니라고 생각했습니다."

"외삼촌께서 고용한 조사원은 그 남자를 알아채지 못한 건가요?"

"그게 꽤 어려워서."

누구한테 어려웠다는 것일까. 조사원에게? 아니면 데라시마 씨 본인에게?

"계속 이어지는 관계가 아니었어요. 그 남자도 다른 여자와 만나면서 생각날 때마다 나오코를 찾는 식이었습니다."

나는 테이블 위의 소년을 보았다.

"그 남자가 나오코 씨와 함께 살해되었다?"

가시와자키 노리오. 십이 년 전에 살해될 당시 사십팔 세. 직업은 자칭 대금업이었지만, 실제로는 고리대금업자 주변을 얼쩡대며

어중간하게 돈을 받아내는 것으로 먹고살았다. 단 한 번도 제대로 된 깡패 노릇을 한 적은 없는 한물간 송사리였다.

"그렇습니다." 데라시마 씨가 고개를 끄덕였다. "나오코와 동거하고 있었습니다. 꽤 오래전부터 그랬던 것 같아요. 나오코가 나와 결혼하고 가즈미가 태어났을 때 가시와자키는 교도소에서 복역중이었고요."

"상해죄로 복역중이었다—. 삼 년형이었죠?"

데라시마 씨는 필터까지 피운 담배를 신중히 비벼 끄고는 고개를 들었다. "잘 기억하고 계시는군요."

"그땐 어느 채널을 돌리든 이 사건에 관계된 속보뿐이었으니까."

미성년자였기 때문에 소년 본인에 대한 프로필은 보도할 수 없었다. 그래서 살해된 그의 부모가 기삿거리가 되었다.

"말씀을 듣던 중에 생각났습니다."

"가시와자키가 출소한 뒤 다시 나오코 앞에 나타나면서 우리가 이혼하게 됐다는 것도 텔레비전에 나왔습니까?"

"네, 아마도."

데라시마 씨는 내 얼굴에서 눈을 떼고 담배 한 대를 또 물었다.

"가즈미를 두고 옥신각신했습니다."

여전히 가라앉은 목소리다. 억양이 거의 없다.

"제가 맡고 싶었어요. 솔직히 말해서 생가의 어머니에게 보내려고 했습니다. 남자 혼자, 게다가 조리사로서 아직 한 사람 몫도 제대로 못하는 상황에서 두 살짜리 아이를 키울 자신이 없었습니다. 그런데 어머니는 물론이고 아버지와 형님도 반대했습니다."

"외삼촌까지?" 내가 물었다.

데라시마 씨는 천천히 끄덕였다.

"지방 사람들은 도시 사람보다 어수룩해 보여도 한번 안 된다고 마음먹으면 요지부동이에요. 어머니 입에서 가즈미는 그 여자 아이고, 내 손자라고 생각한 적은 없다는 말을 듣고 귀를 의심했지만서도."

"귀를 의심한 건 그때가 처음이 아니었겠죠. 그전에도 임신한 나오코 씨와 결혼하겠다고 했을 때 부모님과 형님, 외삼촌께선 그녀의 뱃속에서 자라는 아이가 누구 아이인지 어떻게 아느냐고 말씀하셨을 테니까요."

데라시마 씨는 화내지 않았다. 예상치 못한 웃음으로 대꾸했다. 접객업을 하는 사람들에게서 흔히 볼 수 있는 쓴웃음이다.

"걸리면 뭐든 다 들통이 나는군요."

나에게 이번 일을 의뢰할 생각이지만, 내가 '데라시마'의 고객이 될 염려는 없다는 것을 알기에 그는 거리낌 없이 말했다.

"맞습니다. 가즈미가 태어나기 전에도 그랬는데, 이혼할 때 또 같은 말을 반복하시는 겁니다. 그때는 누구도, 매사에 눈치가 빠른 외삼촌마저도 유전자 검사는 상상도 못 했지만."

외삼촌은 유전자 검사로 고지로와 가즈미가 부자지간으로 판명되는 것이 두려웠던 게 아닐까? 매사에 눈치가 빠른 인물이라면 그런 식으로 위기를 관리하는 것이 어울린다.

"결국 나오코가 가즈미를 맡게 됐습니다. 양육비니 뭐니 해서 뒤끝이 남는 건 좋지 않다면서 형님과 외삼촌이 부지런히 움직여 삼

백만 엔을 마련해 주셨죠. 그걸 나오코에게 주면서 앞으로는 데라시마 가(家)에 일절 접근하지 않겠다는 각서를 쓰게 했습니다. 그렇게 이혼이 성립되었지요."

그 뒤 일 년이 안 되어 그는 재혼했다. 상대는 고등학교 동창이었다.

"형님이나 외삼촌이 소개해 주셨나요?"

이번에도 데라시마 씨는 불쾌하게 듣지 않았다. 얌전히 담뱃불을 껐다.

"아닙니다. 이혼하고 반년쯤 지나 여름 마쓰리 때문에 집에 내려갔다가 만났습니다. 원래 한동네에 살던 사이로 가족끼리 친분이 있었죠. 아내는 내가 재혼이란 것도, 전처와의 사이에 아이가 있다는 것도 다 알았어요. 시골에서는 그런 소문이 금방 퍼지죠."

도시에서도 사정은 마찬가지다. 다만 소문이 나는 방식이 다를 뿐이다.

"과거는 깨끗이 정리됐다는 제 말을 아내는 의심하지 않았습니다. 의심받을 만한 짓도 안 했구요. 나오코와 가즈미 소식은 그 후로도 들어 보지 못했습니다. 알아볼 생각도 안 했어요. 그쪽에서 연락이 오지도 않았구요."

십이 년 전, 시바노 가즈미가 그 사건을 일으키기 전만 해도 아버지와 아들은 완전히 연이 끊겨 있었다.

"가끔은 가즈미가 어떻게 지낼지 멍하니 생각할 때가 있었지만."

곧바로 그런 생각을 떨쳐냈다고 한다.

"나오코가 가즈미를 사가미하라에 사는 자기 어머니한테 맡겼을 거라고 생각했습니다. 그렇지 않겠습니까? 그게 나오코에게도……
편했을 테니까."

나의 동의를 구한다기보다는 자기 자신에게 들려주고 싶은 말 같았다.

"그 사건이 터지고 가즈미가 어떻게 키워졌는지 알게 되기 전까지 정말 그렇게 믿고 있었습니다."

어떻게 키워졌는지, 인가.

시바노 나오코와 가시와자키는 내연관계였다. 처음 보도에서는 '의붓아버지'로 소개되었지만, 가시와자키 노리오는 가즈미에게 아버지가 아닌 어머니와 동거하는 남자에 지나지 않았다. 그것도 불안정하고 부적절하며 위험한.

경찰의 설득에 투항하고 구속된 소년은 취조관에게 말했다. 나는 학대받았다, 어머니와 가시와자키를 죽인 건 나를 지키기 위해서는 다른 방법이 없었기 때문이다, 라고. 학교 성적은 밑바닥이었지만 기억력이 좋았고, 언어적인 면에서 표현이 풍부한 편은 아니었으나 단어의 사용이 적확했다.

수사가 시작되자 소년의 진술이 망상이 아니라는 증거가 기가 찰 만큼 속속 밝혀졌다.

초등학교에 올라갈 때쯤부터 소년은 좀도둑질 같은 절도를 강요당했다. 대상은 인근 점포만이 아니라 꽤 먼 곳까지 있었고, 나오코가 직접 가즈미를 데려갔다. 학교에서는 교재비와 급식비가 체납되었다. 어머니는 교직원들에게 아들과 단 둘이 살고 있으며, 자기 몸이 아파 살림살이가 어렵다고 호소했다.

―엄마가 자주 그랬어요. 도둑이 어린아이라면 도난당한 사람도 경찰을 부르지 않는다고. 학교에 돈을 내는 게 이상한 거라면서 안 내도 된다고.

생활은 불규칙했다. 나오코가 외출하면 혼자 방치되는 일이 많았다. 제대로 식사가 주어지지 않아 가즈미는 또래 아이들의 표준보다 작고 약했다. 초등학교 3학년 시절, 보다 못한 담임 선생님이 시바노 나오코와 면담하고 생활보호 수급을 권했다. 신청은 곧 수리되었지만 가즈미의 생활은 개선되지 않았다. 나오코는 여전히 파친코에 미쳐 있었고 가시와자키도 도박을 좋아해서 둘은 대부업체를 수시로 들락거렸다.

생모와 내연남은 가즈미의 양육을 방치하기도 했고 폭력으로 '가르침'을 주기도 했다. 특히 후자는 철이 든 가즈미가 절도를 거부하자 더욱 심하게 일상화되었다. 아직 구체적인 행동으로 어른에게 반항할 힘이 없었던 가즈미는 나오코와 가시와자키에게 편리한 도구일 뿐이었다.

확인된 바에 따르면 가즈미는 두 차례 '자해공갈'로 자동차 사고를 당했다. 두 번 모두 경상으로 끝났지만 시바노 나오코는 가해자에게 치료비와 합의금을 타냈다. 절도에 관해서는 가즈미도 횟수를 다 기억하지 못할 만큼 수시로 강요받았다.

수사가 진행되면서 가시와자키가 몇 개의 닉네임으로 아동포르노 사이트에 가즈미의 속옷 차림 사진과 벌거벗은 사진을 올렸다는 것이 밝혀졌다. 소년을 좋아하는 '고객'과 거래한 사실도 알아냈다. 가즈미가 열 살에서 열두 살 사이에 있던 일로 몇 번의 거래를 통해 가시와자키는 팔십만 엔을 벌었다. 가즈미는 가시와자키에게 '창피한' 사진을 찍혔다는 것만 기억하고 있을 뿐이었다. 따라서 어머니가 이 일에 어느 정도 관여했는지, 가시와자키가 사진을 파는 것 이상의 장사를 계획했는지에 대해서는 확인할 수 없었다. 그래도 소년의 진술을 토대로 수사가 진행되어 아동포르노금지법을 위반한 수 명의 남녀가 체포되었다.

사건의 중대성 때문에 성인처럼 형사사건의 피고인으로서 재판을 받게 된 시바노 가즈미는 취조관 앞에서 그랬듯이 자기 신상에 일어났던 일들, 자신이 저지른 일에 대해 흐트러짐 없이 증언했다. 그 태도에 법정이, 나아가서는 보도를 통해 진술 내용을 접한 사회가 소년의 정신 상태에 의구심을 품었다. 그 정도로 가즈미는 냉정했다.

―사건이 발생하기 반년 전부터 엄마와 가시와자키는 나를 죽이려고 계획했습니다.

중학생이 된 가즈미는 여전히 두 사람에게 지배되고 있었다. 그러나 더 이상 아이가 아니었다. 성적이 나쁘고, 몸집이 작고, 교실에서는 고립되어 있었지만 그래도 친구도 몇 명 사귀었다.

가즈미는 그럭저럭 성장했고, 자기 의지로 외부 사회와 소통할 수 있게 되었다. 다시 말해 친구들의 생활과 자신의 생활을 비교하게 되었다. 그 낙차, 자신이 처한 환경이 얼마나 이상한지를 스스로 깨닫게 된 것이다. 그다음에는 외부 사회에 자신의 처지를 호소하고 도움을 청할 길도 열 수 있을 터였다.

그러나 나오코와 가시와자키에겐 눈앞에 다가온 현실적인 위협이었다.

가즈미가 자신들을 고발하기 전에 입을 틀어막아야 한다. 더불어 마지막으로 한밑천 두둑이 잡아야 한다. 둘이 그런 흉계를 꾸미기 시작했다고 가즈미가 증언했다.

―제 이름으로 보험에 가입한 후 죽일 작정이었습니다. 두 사람이 그렇게 소곤대는 걸 몇 번 들었습니다.

나오코와 가시와자키가 한 지붕 밑에서 살고 있는 가즈미를 의식하지 않고 이런 모의를 했다는 것은 믿기 어렵다. 우연히 듣게 되었다는 가즈미의 증언에도 의문이 남는다. 그러나 가즈미가 중학교에 입학하고 얼마 안 되어 나오코가 여러 보험회사에 전화를 걸어 자료를 모으고, 직접 지점과 영업소를 방문했던 것은 사실이었다.

나오코가 열심히 드나들던 모 생명보험회사의 영업사원이 법정에 나와 기억하고 있던 상담 내용을 증언했다. 증거로 업무일지도 제출했다. 그에 따르면 시바노 나오코는 학자금보험과 의료보험에 대한 설명에는 관심이 없었다. 오직 십삼 세에서 십사 세 소년이 사망했을 때 고액의 사망보험금을 받을 수 있는 보험에 가입할 수 있는지, 만약 가입한다면 매달 얼마씩 내야 되는지만을 궁금해했다.

이상하다고 생각한 보험회사는 완곡하게 나오코의 가입을 거절했다. 나오코는 화를 내며 돌아갔고, 그 후 여러 번 가시와자키가 (모자의 지인이라고 자신을 소개하며) 항의 전화를 걸었지만 회사가 태도에 변화를 보이지 않자 연락을 끊어 버렸다.

사건 직후 가택수사가 실시되자 그들이 살던 아파트에서 생명보험과 손해보험 상품을 소개하는 대량의 책자가 발견되었다. 서류를 보내기만 해도 가입할 수 있는 공제보험 자료도 섞여 있었다. 한 번 거절당한 경험이 있기에 수법을 바꾸려 했던 모양이다.

─교통사고라면 상대방에게 합의금을 뜯어낼 수 있으니 자해공갈 같은 짓을 또 하게 될지도 모른다고 생각했습니다.

전철 플랫폼에서는 절대로 가장자리에 서지 않는다. 나오코나 가시와자키와 외출했을 때는 차도 쪽으로 걷지 않는다. 언제나 조심해야 했다고 열네 살의 소년은 증언했다.

─이대로 지내다간 언제 죽게 될지 몰라 무슨 수를 써야만 한다고 생각했습니다.

그 '무슨 수'는 가즈미가 다니던 공립중학교의 담임 선생님에게 사정을 털어놓는 것이었다. 달리 기댈 곳도 없었다.

지자체의 아동보호시설은 단 한 번도 모자와 접촉한 적이 없다. 가까운 이웃이나 의료기관도 그들의 사정에 어두웠다. 소년이 겪고 있는 위험을 감지하지 못했다. 실수라면 실수이고, 혹은 나오코와 가시와자키가 교묘했다고도 볼 수 있다. 나오코는 무직으로 정해진 수입이 없었다. 줄곧 생활보호 대상자였기 때문에 정기적으로 시청 담당자가 면담을 했으나, 이런 사정을 확인하지는 않았다. 가시와자키는 모자가 사는 아파트에 주민등록을 옮기지 않았다. 단지 그것만으로 그는 제도상 투명인간이 되었다.

가즈미가 담임 선생님에게 의지한 것은 무리도 아니었다. 처음 상담을 한 건 1학년 2학기 말 겨울방학 직전이었다.

그러나 학교는 소년의 SOS를 받아들이지 않았다. 가즈미에게 중상을 입고 인질로 붙잡혀 죽을 뻔한 담임 선생은 당시 이십대 여성으로 교사로서의 경험이 일천했다. 학교에는 학생상담교사도 따로 없었다.

 담임 선생은 사정을 토로하는 가즈미의 담담한 태도와 엄청난 내용에 오히려 의구심이 들었다. 사건이 사법의 현장에서 외부로 이끌려 나왔을 때 일반인들이 곤혹스러워했던 것처럼 그녀도 곤혹스러워했다.

 쉽게 믿을 수 있는 이야기가 아니다. 터무니없는 의혹으로 자기 친어머니를 고발하고 있다. 선생은 시바노 가즈미와 어머니 사이에 어떤 문제가 있다 하더라도 그의 입에서 나온 범죄소설 같은 이야기는 사실이 아닐 거라고 여겼다. 재판 직후 법정이 그랬던 것처럼 선생 또한 시바노 가즈미의 정신 상태를 걱정했다. 선생은 이 문제로 학생주임과 상의했는데, 주임은 소년의 이야기를 믿어서는 안 되며 신중하게 대처하라고 조언했다.

 절박하게 도움을 청한 시바노 가즈미는 학교의 태도에 불만을 품었다. 소년의 불만은 3학기 시작과 동시에 담임 선생이 '신중한 대처'로 시바노 나오코를 불러내 면담을 했다는 걸 알게 되면서 분노로 바뀌었다.

 ―선생님은 제 말을 믿지 않았습니다. 뿐만 아니라 제가 한 말을 엄마에게 모두 알려 줬습니다.

 그래서 선생님까지 죽이려고 했다.

 하지만 소년은 취조 초기 단계부터 마음에 변화가 생겨, 공판중에 분명히 사죄했다. 자신의 오해에서 비롯된 실수였다고. 경찰과 변호사와 이야기를 나누며 점점 그렇게 생각하게 되었다. 선생님이 자기를 믿지 못했던 것은 어쩔 수 없는 일이었다. 화가 나서 선생님에게 그런 짓을 했지만 생각이 부족했습니다, 지금은 잘못했다고 반성하고 있습니다.

사죄 또한 담담한 어조로 이어졌다.

"공판에 참석하셨어요?" 내가 물었다.

데라시마 씨는 끄덕였다. "증인으로 나갔습니다. 가즈미가 태어날 당시의 상황과 나오코와 이혼하게 된 사정을 설명했습니다."

그리고―. 작은 목소리로 말했다.

"가즈미가 어떤 벌을 받든지 사회에 복귀할 때는 내가 아버지로서 책임을 지고 보살피겠다고 약속했습니다."

"아이와 면회는 하셨나요?"

"그 무렵엔 못 만났습니다. 여러 번 부탁했는데 가즈미가 싫다고 했어요."

데라시마 씨가 방청하는 것도 싫어했다. 그래서 변호사는 가즈미 군이 동요할 수 있다며 방청을 삼가 달라고 부탁했다.

"가즈미는 나를 완전히 잊고 있었습니다. 그렇게 힘들었다면 나한테 도망쳐 온다든가, 나를 찾는다든가 했어야 하는데 그런 생각은 전혀 안 했으니까요."

아이에게 자신은 없는 사람이나 마찬가지였다고 말했다.

"없는 사람이 갑자기 나타났으니 유령 같았겠죠. 가즈미는 나를 두려워했어요."

"아버지로서 사회 복귀를 책임지겠다는 약속은 가즈미 군의 의향을 확인하고 한 말이 아니었군요?"

"네, 제 독단으로 정했죠."

갑자기 기분이 상한 것처럼 데라시마 씨의 목소리가 날카로워졌다. "부모로서 당연한 겁니다."

"하지만 데라시마 씨의 현재 가족들이 반대했겠죠?"

데라시마 씨는 입을 다물었다.

"미디어의 취재 경쟁에 다들 당시엔 제법 고생하셨겠군요."

"저 혼자 맡겠다고 했으니까요. 하지만 힘들기만 한 건 아니었어요."

미디어는 그에게 좋은 정보원이었다.

"경찰도, 검사도, 가즈미의 변호사도 아무것도 가르쳐 주지 않았습니다. 내가 알고 싶어 하는 건 뭐든 숨겼어요. 가즈미를 위해서라는 말만 했지요. 그래서 기자나, 리포터 들에게는 오히려 고마운 마음이 들더군요."

"그들이 알려 준 정보가 정확하다고는 할 수 없었을 텐데."

"아무것도 모르는 것보다야 낫지요."

나는 자기 아이에 대해 알고 싶다며 사무소를 찾아오는 부모들을 떠올렸다. 불확실한 정보라도 좋으니 알려달라는 말은 거의 들어 본 적 없다. 그들이 원하는 것은 확증이다. 그것도 '좋은 확증'이다. 그들의 의혹을 해소시켜 줄 수 있는.

"변호인단이 엄청났죠?"

"변호사만 열두 분이었어요. 모두 무보수였지요. 난 아무것도 해 주지 못했습니다. 그 점에선 고마웠지요."

"정신감정은—."

"여러 가지 해 봤는데 발달장애로 결론이 났을 겁니다. 나는 무식해서 도통 못 알아듣겠더군요. 이렇게 번거로울 필요가 있나, 그 생각뿐이었습니다."

가즈미는 처음부터 제정신이었으니까요. 그가 단언했다.

"자기가 좀도둑질과 자해공갈을 하게 된 이유를 잘 알고 있었어요. 이대로 가다간 죽게 된다는 것도 망상이 아니었습니다. 나오코와 가시와자키는 여러 가지 계획을 세우고 있었으니까요."

가즈미는 머리가 좋았다고 한다.

"검사해 보니 지능지수가 높았습니다. 성적이 나빴던 건 그런 생활에서는 제대로 공부할 수 없었기 때문이에요. 지금은 나 같은 건 알 수도 없는 어려운 책을 좋아해요. 자기 사건에 관한 것도 훤히 알고 있습니다."

짧게나마 아들 자랑에 기분이 좋아졌던 데라시마 씨가 민망한 듯 말을 멈췄다. 나는 가만히 그의 눈을 보았다.

"어떤 판결이 났는지 기억하십니까?"

나는 고개를 저었다. "가르쳐 주세요."

"가즈미는—선악을 구별할 수 있었고, 자기 생각도 분명하게 말했지만 감정이 없었다고나 할까, 희로애락을 느끼지 못했어요."

담담하고 냉정한, 그래서 기계처럼 느껴지는 소년.

"처음에는 의료소년원에 보내졌어요. 이 년쯤 있었습니다. 나는 의사의 치료 같은 건 필요 없다고 생각했지만요. 제대로 된 생활을 하다 보면 곧 다른 아이들처럼 될 거라고."

"실제로는 어땠나요?"

"점점 좋아졌어요. 웃기도 하고 울기도 했습니다. 자기가 저지른 일을 떠올리면 무서워서 밤에 잠이 안 온다고 했어요."

아, 그래서, 하며 데라시마 씨는 양손으로 얼굴을 문질렀다.

"의료소년원으로 가길 잘 한 것 같아요. 보호받을 수 있었으니. 그렇지 않았다면 자기가 저지른 짓에 눌려서 정말로 마음에 병이 생겼을지도 모릅니다."

의료소년원을 퇴원한 시바노 가즈미는 소년감별소로 이송되었다.

"팔 년을 거기서 지냈죠. 죄는 죄니까 속죄해야 된다, 담임 선생님에게 한 짓은 당연하고, 나오코와 가시와자키에게도—살인은 살인이니까."

"가즈미 군이 그렇게 직접 말했나요?" 내가 물었다. "데라시마 씨가 그렇게 해석한 게 아니고요?"

데라시마 씨는 성난 기색 없이 온화하게 답했다. "그렇습니다. 본인이 자기 처지를 이해하고 팔 년간 열심히 생활했습니다. 간신히 인간다운 대우를 받게 되어 가즈미는 원래의 자신으로 돌아왔습니다."

죽었던 마음이 되살아난 거예요, 라고 아버지는 말했다.

"나에 대해서도 점점, 아버지로 인정하게 되었죠. 처음에는 안 그랬어요. 면회 오는 것도 싫어했습니다. 그래서 편지를 썼습니다. 아들에게 전해 줄지는 전적으로 의사나 교관에게 맡길 수밖에 없었지만, 어떻게든 내가 있다는 사실을 떠올려 달라며 부지런히 편지를 썼습니다. 어느 날 답장이 왔습니다. 면회를 와도 된다고."

단숨에 털어놓던 데라시마 씨는 목이 멘 모양이었다. 눈앞에 있는 담배가 안 보이는지 손으로 더듬더듬 담배를 찾아 물고는 불을 붙였다.

"면회할 때마다 사과했습니다. 가즈미가 감정적이 되어 왜 자기를 버렸느냐고 소리칠 때도 있었습니다. 나로서는 사과하는 수밖에 없었어요. 변명 같은 건 할 수가 없었으니까요."

담배가 떨려 솟아오르던 연기들이 공중으로 흩어졌다.

"긴 세월이었어요. 어쩌면 그래서 다행이었는지도 모릅니다. 지금의 가즈미는 다시 태어난 것처럼 보여요. 출소하자마자 선생님에게 사과부터 하고 싶다고 했지요."

"실제로 사과했나요?"

"한동안은 편지나 전화로 안부를 묻다가 결국 선생님께서 만나주셔서 다행이었죠. 감사했습니다."

"출소 후에 신원을 맡으셨지요?"

"부모잖습니까."

즉답 후 그는 눈을 내리떴다.

"가까이 있지만 함께 살지는 않아요. 아내와 딸들이."

"지금도 가즈미 군을 받아들이기를 거부하고 있다?"

고개를 떨어뜨린 채 데라시마가 끄덕인다.

"가즈미는 보호사님 댁에서 지냅니다. 전기공사회사 사장님이세요. 가즈미는 그분 회사에서 전기공 일을 배우고 있습니다."

"그럼 거기서 일을 하는 거군요?"

"네, 정말 다행이라고 생각합니다. 사장님과 사모님도 아주 잘해주시구요."

데라시마 씨는 간신히 고개를 들었다.

"지금도 시바노 가즈미라고 불러요. 나는 반대했습니다. 데라시마라는 성으로 바꾸자고. 그런데 가즈미가."

―아버지의 가족들이 불편해할 거예요.

"시바노라는 성을 버리면 나오코에게도 미안하다면서."

자기를 학대하고, 보험금을 노려 살인까지 계획했던 어머니에게 죄송함을 느낀다. 그것이 시바노 가즈미에게는 진정한 갱생일까.

그런 의문이 내 머릿속을 스쳐갔다. 그게 타당한 선악의 구별일까. 본인은 정말 그렇게 믿고 있을까.

"물론 모든 게 완벽하게 수습된 건 아니지만."

데라시마 씨의 목소리에 나는 눈을 깜빡이며 현실로 돌아왔다.

"저도, 가즈미도 여전히 거리감이 있다고 해야 할까요. 자기 때문에 우리 집이 불편해지는 것을 가즈미는 두려워하고 있어요. 그래서 제가 만나러 가도 빨리 돌아가는 게 낫지 않느냐고 걱정합니다."

가게를 비우고 이렇게 황급히 외출하는 것은 그에게 드문 일이 아닐 것이다. 오늘도 행선지를 밝히지 않고 가게를 나서는 아버지를 보면서 딸 내외는 가즈미를 만나러 가는구나, 라고 생각했을지도 모른다.

"그것 말고도 수습되지 않은 문제가 하나 있겠죠"라고 내가 말했다. "그래서 여길 찾아오셨구요."

이야기는 마침내 그가 이 사무소를 찾게 된 목적에 도달한 듯했다.

창밖에는 눈 섞인 비가 계속 내리고 있다. 구식 히터가 토해내는 온기에도 데라시마 씨는 가볍게 몸을 떨었다.

"가즈미가—자기 사건에 대해서 말입니다. 그때 뭐라고 보도되었는지 궁금하다면서 인터넷을 뒤져 보게 됐습니다."

떨림이 멈추지 않는다.

"뭐가 계기였는지는 몰라도 작년 말부터 그렇습니다. 난 그러지 말라고 말렸어요. 하지만 본인은 아무래도 신경을 쓰는 눈치였습니다. 보호관찰을 맡아 주신 사장님께서도 함부로 말렸다간 역효과가 날 수 있으니, 우리가 개입하기보다는 가즈미 스스로 만족할 때까지 지켜보면서 도와주자고 하셨죠."

가즈미가 과거를 마주 보는 것도 필요하다고 하셔서, 라고 중얼거렸다.

"그래서 뭘 찾아냈죠?"

처음으로 데라시마 씨는 어쩐지 기가 죽은 표정으로 나의 질문을 회피했다.

"그 봉투에 모두 들어 있습니다."

"직접 말씀하시기 곤란한 얘기인가요?"

데라시마 씨는 이를 악물었다. 짧게 뭐라고 말했다. 작은 목소리였다. 평소에 쓰는 말과는 거리가 있어 더 알아듣기 힘들었다.

"방금 뭐라고 하셨죠?"

"구세주."

짧게 대답하며 억지로 입 언저리를 옥죈다. 웃으려는 듯하다.

"'검은 메시아'라고 합니다. 인간이 아니고 괴물 같은 거죠. 그게 여기저기서 다른 사건을 일으킨다고 합니다. 아이를 학대하는 부모나, 아이를 희생물로 삼는 범죄자를 퇴치하고 있다는 거예요."

그 괴물을 시바노 가즈미가 보았다고 한다.

―정말이에요, 아버지.

그 괴물은 나예요.

3

도시 전설의 일종이 아닌가 생각했다.

시바노 가즈미가 인터넷에서 발견한 사이트 이름은 〈검은 메시아와 검은 어린양〉이었다.

인터넷에는 뭐든지 있다. 엽기 범죄나 흉악 사건에 흥미를 보이고 질리지도 않고 떠들어 대는 사이트가 있다 해서 이상할 것은 없다. 엿보기 근성을 몽땅 드러내는 곳부터 사건 해결과 재발 방지를 바라는 정상적인 바람을 담은 곳까지. 그중 다수는 사건이 발생하고 미디어가 요란을 떠는 사이에 탄생해 보도가 줄어듦에 따라 시들어간다. 지금까지도 그랬고, 앞으로도 그런 일이 반복될 것이다.

그런데 소년A로 불렸던 시바노 가즈미의 사건은 조금 달랐다. 열네 살짜리 소년이 '자기 몸을 지키기 위해 범죄'를 저질렀다는 당시의 보도를 접한 사람들 중 일부—아마도 당시에 가즈미와 비슷한 또래의 청소년 일부는, 이 사건을 그저 소비적으로 망각하는 것을 허용하지 않았다. 그 바람은 어떤 계기로 형태를 이루게 되었다.

시바노 가즈미가 발견한 사이트는 역사가 깊진 않았다. 육 년 전에 만들어졌다. 과장되고 음산한 느낌의 사이트명은 사람에 따라서는 개그가 될 만했지만, 관리는 꽤 철저했다. 지금까지의 사건 경위가 솜씨 있게 정리되어 있다.

발단은 대형 게시판에 올라온 글이었다. 닉네임을 '데루무'라고 하는 인물이 다음과 같은 코멘트를 남겼다.

「사이타마 교실 인질 사건의 소년A가 감별소에서 자살했습니다.」

육 년 전이라면 가즈미는 소년감별소에 있었다. 그리고 이 무렵의 가즈미는 데라시마 씨의 면회에 응할 정도로 회복되었고, 서서히 명랑함을 되찾아 사회 복귀에 대해 현실적으로 고민하고 있었다. 당연히 자살을 시도한 적도 없다. 따라서 이 코멘트는 가짜다. 그러나 글을 쓴 주인공은 '확실한 정보원에게서 들었다'면서 주장을 굽히지 않았다.

「사형을 받고 싶다고 했는데 살아났잖아요. 이제야 겨우 바라던 대로 다시 태어나게 되어 다행입니다.」

가즈미가 사형을 통해 새롭게 태어나기를 꿈꿨다는 말도 사실이 아니다. 단지 감별소에서 자살했다는 주장과 달리 이쪽에는 근거가 있었다. 공판 도중에 그런 보도가 나갔다.

모 주간지에 〈독점, 특종〉이라는 기사가 실렸다. "교실 인질 사건의 주범 소년A의 진술서 입수"라고 요란하게 쓰여 있었는데, 이 주일 후 용두사미가 되었다. 특종의 근거가 된 진술서가 날조된 것임이 밝혀졌기 때문이다.

사건 보도에서 당사자와 관계자의 진술서는 귀중한 자료다. 그러나 성인이 저지른 사건도 그렇지만 청소년 범죄에서는 더욱 미디어 종사자에게 유출될 수가 없다. 운 좋게 입수했다고 해도 정상적인 저널리스트라면 신중하게 다룬다.

이 기사는 정보가 지나치게 개방되었다는 점이 수상했다. 기사가 나오자마자 검증하려는 움직임이 일어났다. 변호인단도 격렬하게 항의했다. 기사에 나온 소년A의 공술은 하나에서 열까지 모두 엉터리라고 반박했다.

기사를 쓴 사람은 계약직 프리랜서였다. 이를 두고 편집부 내에서도 신중론이 우세했다. 왜냐하면 해당 프리랜서가 예전에도 날조기사를 써서 문제를 일으킨 전례가 있고, 업계 일각에서는 사기꾼으로 취급하는 사람도 있었다. 커다란 반향에 당황한 편집부는 뒤늦게 검증 작업에 착수했고, 끝내 기사를 철회하고 사죄했다.

소년A가 취조관에게 '사형을 받고 싶다고' 했다는 말은 이 날조 기사에서 따온 에피소드였다.

검은 어린양 사이트에서는 공적으로 말소된 기사 전문이 게재되어 있었다. 앞으로 어떤 처분을 받게 되리라고 생각하느냐는 취조관의 질문에 소년A는 이렇게 대답한다.

—사형에 처해지기를 원합니다. 미성년자라고 해서 사형을 피한다는 것은 이상합니다.

―나는 죽어서 다시 태어날 겁니다. 인간을 초월한 존재가 되어 다시 이 세상으로 돌아올 겁니다. 그리고 어머니와 가시와자키 같은 인간들을 심판할 겁니다. 나처럼 비참하게 살고 있는 아이들과 여자들을 구하고 싶습니다.

더욱이 특종기사 말미에 진술서가 재판에 제출되지 않고 어둠 속으로 사라진 까닭은, 처벌을 원하는 검찰도, 보호하려는 변호인단도 소년A의 이 같은 과대망상적 공상이 밝혀지면 '난처해지기 때문에' 서로 합의했다는 그럴싸한 해석이 달려 있었다.

하나에서 열까지 모두 날조였다. 허나 일단 '보도'되어 세상에 나오면 오늘날과 같은 인터넷 사회에서는 정보가 완전히 소멸되지 않는다. 데루무는 그 꺼지지 않은 잔불에 들러붙었던 것이다.

게시판에서는 즉시 활발한 반향이 일었다. 대부분은 데루무에게 충고하거나 야유했다. 그중에는 입장상 이런 글을 쓰고 싶지 않지만 간과할 수 없다는 전제를 달고 대응하는 인물도 있었다.

「교실 인질 사건의 소년A는 자살하지 않았습니다. 감별소에서 사회복귀를 목표로 열심히 노력중입니다. 그의 명예를 위해서라도 잘못된 정보에 현혹되지 마십시오.」

그러나 데루무는 태도를 바꾸지 않았다. 고집스레 자기주장을 밀어붙이며, 소년A가 자살했다는 정보는 확실하다, 그의 자살은 그를 감별소에 처넣은 국가 권력의 패배이므로 국가가 인정하지 못하는 것뿐이다, 진실은 항상 이렇게 감춰진다, 라고 주장했다.

어느새 그에게 찬동하는 그룹이 생겨났다. 서로의 글에 반응하며 '소년A가 다시 태어나 인간을 초월한 존재가 되었다'라는 주장을 퍼뜨리기 시작했다.

인터넷 사회를 그다지 잘 알지는 않지만, 거기서 오가는 이야기들이 항상 '진실'이고 '진정한 자신'을 이야기한다고 믿을 만큼, 나는 순박하지 않다. 특히 이런 주제를 둘러싸고는 단순하게 이야기가 흘러가는 양상이 재미있어 끼어드는 사람도 있다. 그런데 데루무의 주장에 동의하는 사람들이 올리는 글에는 그들을 그렇게 반응하게 만드는 흥미 이상의 무언가가 전해졌다.

「나도 부모에게 학대받고 있어.」

「남편에게 맞으면서 살아.」

「친구가 소년A와 비슷해.」

고백하는 사람들이 있었다. 그렇기 때문에 우리는 소년A의 마음을 이해한다, 소년A처럼 과감하게 행동하지 못하는 나 자신이 원망스럽다—.

그마저도 어디까지가 사실인지는 아무도 모른다. 그래서 이런 고백과 고발은 데루무의 주장과 마찬가지로 충고나 야유를 받거나, 사정없이 매도되었다.

이에 데루무는 자신의 추종자를 위한 사이트를 개설한다. 사이트 이름은 〈희생되는 어린양〉. 걱정 없이 서로의 의견을 주고받을 수 있는 장소가 확보되자 추종자들은 더욱 뜨겁게 그들만의 스토리를 토해내기에 이른다.

「소년A가 재판을 받은 것부터가 이상해. 소년A야말로 희생자이고 정의인데.」

「자살한 후에야 그는 자유를 되찾았다.」

「아버지에게 학대받고 있습니다. 매일 죽고 싶을 만큼 괴롭습니다. 아무도 도와주지 않아요. 소년A가 다시 태어났다면 우리 아버지를 죽여 줬으면 좋겠어요.」

「그는 지금 어디에 있을까? 어떻게 해야 그를 만날 수 있지?」

소년A를 만나고 싶다. 어떻게 하면 그의 영혼과 접촉할 수 있을까. 다시 태어난 그는 어떤 모습일까. 우리 눈에도 보일까.

사이트에 올라온 그 같은 질문에 대답해 주는 자가 나타났다. '희생되는 어린양'이 생기고 반년이 지났을 때다.

그는 데루무 같은 실무적인 관리자가 아닌 하나의 교조^{敎祖}였다. 자기만의 공상을 종교적 비전으로 끌어올려 그의 공상에 동감하는 그룹을 '신자'로 돌변시킬 만큼의 힘을 가졌으니 그런 표현은 조금도 과하지 않다.

「내 이름은 유다스 마카베우스.」

그는 자신을 그렇게 소개하며 '희생되는 어린양'들 앞에 나타났다. 특이한 이 이름은 기원전 이 세기 유대교를 신봉하는 유대 지방에서 당시 이 땅을 지배하고 있던 이교도 왕의 폭정을 견디다 못해 독립 전쟁을 일으킨 유대인 지도자의 이름에서 따온 것이다. 헤브라이어로 '철퇴의 유다'라는 뜻이다. 유다는 유대인 남성의 흔한 이름일 뿐, 신약성서에 등장하는 배신자 유다는 아니다.

「나는 예언자다.」

'철퇴의 유다'는 선언했다.

「'기름 부어진 자'의 도래를 기다려 온 어린양들을 그에게 인도하는 자다.」

'기름 부어진 자'란 헤브라이어를 직역한 것으로 원래 단어는 '메시아'다. 종교적 잡학과 정의와 복수, 구원의 이야기를 구사하는 '철퇴의 유다'는 순식간에 '희생되는 어린양'들을 매혹시켰다. 혹은 장악해 버렸다고 할까. 어떻게 표현하든 마찬가지다.

평범한 어른의 눈으로 봤을 때, 현실과 공상(또는 소망)의 경계선이 사라졌다는 점에서 원래 멤버인 어린양들보다도 '철퇴의 유다'가 좀 더 심각한 상태로 여겨진다. 유다의 주장은 단순한 선악이원론으로, 현재 세계는 악마가 지배하고 있으며 완전히 썩었다고 말한다. 그러나 때가 되면 신이 지상에 강림해 악마의 군대와 마지막 전쟁을 시작할 것이다. 그 전쟁에서 승리한 신은 지상에 참된 행복을 실현시킬 천년왕국을 세운다. 천년왕국의 백성이 될 자격을 가진 자는 신의 군대에 자원해서 용감하게 싸운 전사들과, 한때 악마와 그 하인들에게 학대받다 구제를 받은 희생자들뿐이다.

그의 주장에 새겨진 주된 이야기는 대부분 신약성서의 '요한계시록'에서 빌려 온 것이다. 원전을 이해하고 유용했다기보다는 영화나 소설, 만화책에서 읽은 2차 지식을 마음껏 주무른 수준이다.

그럼에도 불구하고, 아니 그렇기 때문에 '희생되는 어린양'들에겐 강력하게 와 닿았다. 그들은(그리고 우리도) 성서를 몰라도 '요한계시록'은 알고 있다. 가톨릭교회의 교의를 몰라도 '제7의 봉인'이나 '창백한 기수', '크나큰 붉은 용'에 대해서는 어디선가 들어 본 적이 있다. '아마겟돈'도 들어 봤다. 이해하지 못하더라도 상상력이 자극될 만한 요소만 알고 있으면 된다. '철퇴의 유다'는 말의 설득력보다 배후에 어렴풋이 보이는 기존 창작물의 풍부한 이야기성과 선명한 상상으로 어린양들의 마음에 다다랐다.

유다는 어린양들에게 '검은 메시아'의 출현이 최종 전쟁의 전조라고 설파했다. 지상으로 내려와 악마의 하인들을 평정하고, 희생된 어린양들을 구해 신의 군대에 가담시켜 정의의 전사를 모으는 것이 검은 메시아에게 할당된 성스러운 임무이기 때문이다.

황당무계하다 못해 유치한 줄거리다. 이런 이야기에 흥분하는 어린양들 앞에 간혹 외부의 방문자들이 나타나 찬물을 끼얹으려 했다. 어떤 방문자는 '철퇴의 유다'가 사이트에 군림하는 것을 허용하고 그가 시키는 대로 사이트 이름을 바꾸고, 신자 겸 관리자로서 열성을 다 바치는 데루무가 날조 기사를 주간지에 제공한 문제의 프리랜서가 아닌가, 의심하기도 했다. 자신이 날조한 이야기가 이렇게 살아남은 것을 즐거운 마음으로 지켜보고 있는 건 아닐까, 하고.

데루무는 인터넷에서 일종의 사회학 실험을 하는 연구자가 아닌가, 라는 주장도 있었다. 발단이 된 '소년A가 자살했다'는 정보도 그가 일부러 제공한 것 아니냐고 의문을 제기하는 방문자도 있었다. 그래서 데루무가, '잘못된 정보다'와 '정보원을 밝혀라'라는 추궁에도 응하지 않은 것이라고 주장하기도 했다.

「너희 중 누구라도 좋아. 시바노 가즈미가 죽었는지, 살았는지 확인해 본 녀석 있어?」

핵심을 찌르는 방문자도 있었다.

하나같이 날카로운 공세였지만, 어린양들은 흔들리지 않았다. 간혹 동요하다가 그룹에서 멀어진 자도 있었다. 하지만 냉정해져

라, 머리로 생각해 보라고 호소했던 방문자들이 어린양들의 반응에 어이없어하면서, 혹은 싫증을 느껴 사라지면 기다렸다는 듯이 사이트로 되돌아왔다.

지난 오 년 동안 멤버는 파도처럼 증감을 반복했다. 지금은 어린양들이 자신들의 공상을 '교의'로서 신봉하기에 이르렀다. 소년A가 자살한 것과 사후에 다시 태어나 인간을 뛰어넘는 존재가 되어 세상으로 돌아왔다는 주장은 그들에겐 확고한 사실이었다. 그 사실 위에 어린양들은 그들만의 역사를 새기기 시작했다.

검은 메시아는 귀환했다. 거대한 힘을 지닌 정의의 체현자가 되어 세상으로 돌아왔다. 어린 아이들과 연약한 부녀를 학대하는 악마의 하인들을 물리치고 있다. 그 전과를 검은 어린양들은 눈으로 확인할 수 있다.

결코 어렵지 않은 일이다. 인터넷과 텔레비전에도, 신문과 잡지에도, 오늘도 이 나라 어딘가에서 발생한 사건과 사고를 알리는 뉴스가 넘쳐난다.

'철퇴의 유다'는 그런 것들 중 하나를 어린양들에게 알려 준다.

'이것은 검은 메시아가 일으킨 조화다.'

그것으로 충분하다. 유다가 어떤 사건을 가리키기만 하면 뒷받침하는 근거가 필요 없다. 불행한 일이지만, 흔해 빠진 가정 내 살인사건이나, 건설 현장의 사고가, 강도 살인이, 철도 투신자살과 해난 사고마저도 조화로 돌변한다. 악마의 하인에게 학대받는 어린양을 구원하고자 검은 메시아는 철퇴를 휘둘렀다. 이것이야말로 명백한 '성전聖戰'이다.

유다가 가리킨 사건과 사고 속에서 어린양들은 학대받은 자와 그들을 학대한 악마의 하인을 찾아낸다. 일찍이 소년A가 그랬듯이 이 경우 학대받은 자는 가해자가 되어 세간의 지탄을 받기도 하고, 악마의 하인이 피해자로 알려지기도 한다. 아무리 그래도 어린양들은 속지 않는다. 보도되지 않는 진실, 사법도, 경찰도 미치지 못하는 그곳에 그들의 진실이 있다. 어린양은 그 진실을 알 수 있다. 그래서 수사도, 취재도 필요 없다. 그들은 알고 있다.

그런데 어린양들의 눈에는 검은 메시아의 모습이 보이지 않는다. 아직 때가 되지 않았기 때문이다. 현재로서는 '철퇴의 유다'만이 검은 메시아를 볼 수 있고, 그의 발자취를 확인할 수 있다. 이제멋대로의 설정에 어린양들은 아무런 의문도 제기하지 않는다.

「믿으면 언젠가는 나도 구원받을 거야.」

어린양 중 한 명, 어머니의 남자에게서 성적 학대를 받고 있다는 소녀는 계속 되풀이해서 글을 남겼다.

「언젠가는 내 앞에 검은 메시아가 나타나실 거야. 나를 구원해 주실 거야.」

인터넷에서 자기 이름을 검색하던 시바노 가즈미가 처음 이 사이트를 발견했을 때 얼마나 놀랐는지는 짐작하고도 남는다. 무엇보다 그곳에서 자신은 이미 죽었다. 죽은 후에는 무엇인지 모를 것으로 소생해서 악한 자들과 싸우는 중이다. 거기다 메시아로 떠받들리고 있다.

"처음에는 가즈미 혼자 고민했어요." 데라시마 씨가 말했다.

너무나 기괴하고 현실에서 동떨어진 이야기였으니 처음 발견했을 때는 어떻게 대처해야 좋을지 몰랐으리라.

"악의적인 농담인 줄 알았다고 나중에야 털어놓더군요."

―하지만 자꾸 저런 식으로 말하는 걸 보면 역시 내가 죽었어야 했을까?

풀이 죽은 얼굴로 데라시마 씨에게 그렇게 고백한 것은 지난달 중순이다.

"나도, 보호사 사장님도 그 사이트를 보고 깜짝 놀랐습니다. 기가 막힌데다 가즈미에게 뭐라고 말해 줘야 할지 몰라서."

아무래도 보호사가 먼저 충격에서 회복했다. 우선 가즈미에게 이런 사이트가 생긴 것은 네 책임이 아니다, 너는 필요한 치료를 받고 속죄했으며 이제는 사회에 복귀했다, 이들과 너는 아무런 관계가 없다, 라고.

"그래서 가즈미에게 인터넷 검색은 그만두라고 했지요. 한동안은 방에서 컴퓨터도 치웠습니다."

자신의 일상을 소중히 여기라는 충고에 가즈미도 마음을 먹은 것으로 보였다.

"하지만 가즈미는 겁을 냈어요. 무리도 아니지요. 한번 본 이상 쉽게 잊어버릴 수 있는 내용이 아니니까요."

데라시마 씨와 시바노 가즈미의 부자 관계는 아직 정상이 아니다. 지금도 회복중이라고 해야 할까, 구축해 나가는 중이었다. 서로에게 아직 거리가 있고, 쉽게 발을 들여놓을 수 없는 부분이 있다. 그 원인은 적어도 데라시마 씨 쪽에선 분명했다.

"나는 가즈미의 과거를 모릅니다. 사건을 일으키기 전에 어떻게 살았는지 몰라요. 경찰에서 조사받던 무렵도 모르고, 재판 당시나, 의료소년원, 감별소에서 있던 일은 결국 건너 들었을 뿐이죠. 가즈미가 나에게 털어놓지 못한 부분이 있을 겁니다. 나도 아직까지는 모두 들어 줄 자신이 없습니다. 자살만 하더라도 한두 번 생각한 적이 있는지도 몰라요. 실행하지 않았을 뿐."

그래도 한 가지는 확신할 수 있었다.

"가즈미가 사건을 일으키고—비록 두 명이나 죽였지만, 지금은 간신히 구제받았습니다. 변호사분들, 의료소년원과 감별소 직원들, 교관들, 지금 보호관찰을 해 주시는 사장님 같은 분들이 가즈미를 헌신적으로 돌봐 주셨기 때문입니다. 가즈미는 이제 자기 죄를 평생 짊어지고 갈 작정이지만, 그래도 덕분에 지금까지 겪은 여러 가지 괴로운 일과 자신이 저지른 짓을 제대로 마주 볼 수 있게 되었어요. 시간을 되돌릴 수만 있다면 사건 전으로 돌아가서 나오코도, 가시와자키도 죽이지 않고 그냥 도망치거나 상황을 바꾸고 싶다고 말합니다. 살인은 안 돼요, 아무리 그래도 그것만은 안 되는 거예요, 라고 말했어요."

그런데도 그 무리가—.

"가즈미를 멋대로 떠받들면서 살인을 시키고 있습니다. 메시아라니, 웃기는 소리죠."

보호사와 함께 생활하고 있지만 이십사 시간 감시받는 것은 아니다. 강제로 구인되거나 하지도 않는다. 그래도 출소하고 일 년 동안은 가즈미 혼자 외출하지 못했다. 누가 자기를 알아보는 건 아닌지, 뒤에서 손가락질하는 건 아닌지 겁이 나서 집 밖으로 나가지 못했다.

"사장님과 제가 번갈아 데리고 다니면서 점점 나아졌습니다."

그런데 가즈미가 다시금 자유를 만끽하게 된 것이 이번 일에서는 화가 되었다. 데라시마 씨와 보호사가 '잊어버려'라고 충고해도, 컴퓨터를 압수해도, 주변에는 인터넷에 접속할 수 있는 장소가 널려 있다.

불안해진 데라시마 씨는 나 같은 조사원을 찾기 전에 먼저 행동에 나섰다. 외출한 가즈미를 미행한 것이다.

"둘이서 외출했다가 헤어진 다음에 몰래 뒤따라갔지요. 어렵지는 않았습니다."

예상했던 대로 가즈미는 시내의 인터넷 카페에 들어갔다.

"그런 일이 두 번 있었습니다. 두 번째는 마음먹고 불러냈습니다."

가즈미는 화내지 않았다.

"그 사이트를 보고 있더군요. 새로운 사건이 '성전'으로 올라와서 난리가 났다며 새파랗게 질린 얼굴로 가르쳐 주었습니다."

가즈미는 이 사이트에 글을 올릴까도 고민했다고 한다.

"이름을 밝히고 시바노 가즈미는 자살하지 않는다, 살아 있다, 내가 본인이다, 라고 말하면 정신 차리는 사람도 있지 않겠느냐고 하면서."

데라시마 씨는 맹렬히 반대했다. 그래 봐야 소용없다, 그 녀석들은 믿지 않을 거다, 너만 더 괴로워진다, 이런 놈들의 생각을 바꾼다는 건 무리다, 라고.

"가즈미는 아직 보호관찰중입니다. 혹시라도 이런 일에 연관되어 문제라도 생긴다면 다시 감별소로 돌아가야 해요."

그보다도 데라시마 씨는 살인과 복수를 아무렇지 않게 이야기하는 어린양들 때문에 가즈미가 마음의 균형을 잃을까 두려워했다.

"그들 중에 진짜 희생자가 있는지는 모릅니다. 알고 싶지도 않아요. 하지만 가즈미가 희생되었다는 것은 분명합니다. 어렵게 재기해서 새 출발을 앞둔 희생자예요."

아버지의 설득을 받아들였다기보다는 그의 내면에 잠재된 공포와 불안이 크게 작용했을 것이다. 가즈미는 사이트에 글을 쓰지 않겠다고 했다. 하지만 보호사를 통해 당국에 사정을 알리고, 검은 어린양들이 시바노 가즈미를 소재로 더 이상 망상을 펴게 해서는 안 된다는 데라시마 씨의 제안에는 강하게 반대했다.

―그런 짓을 했다간 문제가 더 커져요. 잘못되면 매스컴이 냄새를 맡고 아버지 가족에게 폐를 끼칠지도 몰라요.

어떤 형태의 언론이든 권력에 의해 탄압받아서는 안 된다는 말도 했다.

―위에서 억누를수록 자기들끼리 더 결집하게 될 거예요.

그 말을 듣고 보니 확실히 시바노 가즈미는 평균 이상의 지성을 가진 모양이다.

아버지와 아들은 이 문제로 상의했고, 두 사람만의 비밀로 덮었다. 더 이상 아무도 끌어들이지 않기로 했다. 누구에게도 말하지 않기로 했다. 보호사 앞에서도 아무 일 없는 듯이 행동했다.

"그 아이가 이렇게 말했어요."

―그 사람들은 그냥 주저앉아서 언젠가 구원받을 거라고 생각할 뿐이니, 나로서는 어떻게 할 수 있는 일이 아니잖아요.

―하지만 그렇지 않은 사람들도 있어요.

구원을 기다리는 것으로 만족하지 못하는 자들.

「매일 밤 이불 속에서 기도합니다. 내 안에서 용기가 솟아나기를. 내게도 악을 쓰러뜨릴 수 있는 힘이 주어지기를.」

「내 손으로 적을 쓰러뜨려 나 자신을 구원한다면 나는 더 이상 단순한 신자가 아니야. 검은 메시아의 전사가 되겠지?」

「하루빨리 검은 메시아에게 인정받고 신의 군대에 참여하고 싶다.」

스스로 적을 쓰러뜨리겠다고 말하는 자들.

"그런 녀석들은 누군가를 죽이고 싶어 한다는 뜻이죠. 우리 가즈미와는 상관없어요. 상관이 없는데 가즈미는 그 녀석들에게 일종의 본보기가 되고 있습니다."

―그래서 내버려 둘 수가 없어요.

"혹시라도 그들 중 누가 사고를 일으킨다면 자기 책임이라는 겁니다."

데라시마 씨는 화가 났다고 한다.

"그래도 내버려 두라고 했습니다. 그런 말을 하면 안 되지만, 혹시라도 그러다 죽는 사람이 생긴다면 진짜로 나쁜 놈일 테니 너는 신경 쓰지 말라고 했어요."

평정심을 잃은 아버지에게 시바노 가즈미는 냉정하게 말했다.

―아버지, 아무리 나쁜 놈이라도 죽어 마땅한 사람은 없어요. 내가 한 짓은 잘못된 거예요.

"아냐, 너는 잘못하지 않았어, 내가 그 자리에 있었다면 널 지키기 위해 내 손으로 나오코와 가시와자키를 죽였을 거다, 그렇게까지 말했습니다. 그러자 가즈미는."

아니에요, 그건 잘못된 생각이에요, 라고 되풀이해서 말했다. 지난날 마음을 살육당해 기계 같던 소년은 분노로 제정신을 잃은 아버지를 달래는 침착한 청년으로 성장했다. 감정이 없어서가 아니다. 이제는 자기감정을 억제할 줄 알게 되었다.

―아버지, 생각해 보세요. 더 위험해질 가능성도 있어요. 저렇게 글을 쓰는 누군가가 자기를 피해자로 단정 짓고 주변 사람을 적으로 생각해서 악마의 하인이니까 죽여도 된다고 생각할 수도 있잖아요.

―자기들만이 진실을 안다고, 정의를 행할 수 있다고 생각하는 사람들은 결국 그렇게 되어 버린다구요.

살인자가, 살인을 꿈꾸는 광신도를 걱정해 이토록 설득력 있는 말을 하기란 쉽지 않다.

"그래서 우린 고민해 봤습니다. 대체 어떻게 해야 하는가. 얄궂은 일이지만 우린 따로 살고 있어 핸드폰이나 이메일이 꽤 편리하더군요. 둘이 연락을 주고받자니 뭐라고 해야 되나."

이런 상황이었지만, 어쨌든 기뻤다고 데라시마 씨는 고백했다.

"그들이 '성전'이라며 소란을 피운 사건을 직접 조사하면 어떻겠냐고 가즈미가 제안했습니다. 가능하면 최근에 일어난 살인사건이나 강도사건보다는 별로 눈에 띄지 않는 사고를 조사해 보자고요. 그런 사건은 내막이 자세히 보도되지 않아서 유다가 멋대로 말을 꾸미기에 유리한데다가 신자들도 마음대로 망상할 수 있으니."

상세한 전말을 조사해서 사망한 인물과 남겨진 가족의 정보를 사이트에 올린다면 약간 효과가 있을 것이다.

"운 좋게, 라고 말하면 안 되겠지만 때마침 사건이 하나 터졌어요."

올해 일월 십구일에 일어난 사건이다. 지요다 구에 있는 빌딩의 수직순환식 주차장 사층에서 운전자의 실수로 자동차가 급발진하는 사고가 있었다. 자동차는 지상 사층 높이에서 그대로 추락했고 운전자는 사망했다.

"펜스를 뚫고 떨어진 자동차가 뒤집힌 채로 추락해서 납작해졌죠."

운전자는 사십오 세 회사원으로 아내와 열두 살짜리 딸이 있었다.

〈검은 메시아와 검은 어린양〉에서는 그가 딸을 성적으로 학대했다고 '해석'했다. 그래서 검은 메시아가 제재를 가한 것이라고.

"댁이었다면 이런 사고를 조사할 때 무엇부터 해야 하는지 금방 알 수 있었겠죠. 하지만 나와 가즈미는 경험이 없어서 일단 현장에 가 보기로 했습니다. 둘이 주차장에 가 보았지요."

지난 일요일 오후였다.

"무너진 펜스가 보수되어 사고 난 흔적이 없더군요. 우리는 차가 떨어졌다는 장소에 나란히 서서 위를 올려다보았습니다. 이런 데서 떨어지면 여지없이 죽겠구나, 나는 그런 생각밖에 나지 않았죠."

문득 시바노 가즈미를 돌아보자 안색이 변해 있었다. 얼어붙은 것처럼 그 자리에 우뚝 서서 하늘을 올려다보며 눈도 깜빡이지 않았다.

"왜 그러냐고 어깨를 두드리자 꿈에서 깨어난 사람처럼 묻더군요."

―아버지, 지금 봤어요?

"무슨 얘기냐고 물어봤습니다. 아주 넓은 주차장이었어요. 펜스는 자동차 보닛 높이였지만 아래서 올려다보면 높은 데 있는 자동차는 안 보입니다. 사람도 안 보였죠."

그러자 가즈미는 공기가 빠진 풍선처럼 주저앉으며 머리를 감쌌다.

―그렇군, 아버지에겐 안 보이는군.

"자기한테만 보인다는 겁니다."

무엇을 보았느냐고 물어도 가즈미는 대답하지 않았다. 웅크린 채 부들부들 떨며 돌아가자는 말만 했다.

―더 조사하지 않아도 괜찮아요. 무리야. 의미가 없어.

그러더니, 있었어요, 하고 말했다.

―검은 메시아가 있었어요.

괴물이에요, 하고 말했다.

"사람이 아니에요. 그런데 아버지."

―내 얼굴을 하고 있었어요.

'철퇴의 유다'에게만 보인다는 '검은 메시아'를 가즈미가 보았다는 것이다.

"그 후로 가즈미는 이 문제에 관해서는 한마디도 하지 않았습니다. 이젠 됐어요, 이젠 알았으니까 충분해요, 라는 말만 반복했어요."

그래서 데라시마 씨는 내 사무소를 찾게 되었다.

"도신육영회의 하시모토 씨는 자세한 내막을 모릅니다. 그분에게 새빨간 거짓말을 했어요. 제가 조사를 의뢰하려고 한다는 말도 안 했습니다. 우리 가게 손님 중에 자녀 문제로 고민하는 분이 있는데 괜찮은 정보회사를 아시느냐고 물어봤을 뿐이죠."

사고를 당한 유족 중에 열두 살짜리 소녀가 있으므로 새빨간 거짓말은 아닐지도 모른다.

"당신이 청소년을 상대로 조사하는 데 능숙하다더군요. 아이들은 엉뚱한 말을 곧잘 하잖아요. 그래도 당황하지 않고 일처리가 깔끔한데다가 입도 무겁다고 하시모토 씨가 칭찬하셨습니다."

그래서 이렇게 부탁드립니다, 하고 데라시마 씨는 고개를 숙였다.

"한번 조사해 주세요. 사고도 좋고, 가즈미가 봤다고 하는 것에 대해서도 좋습니다. 무엇이든 좋습니다. 전 이제 뭐가 뭔지 모르겠어요."

그 사고는 정말 '성전'이었을까. 악마에 대한 제재였을까.

시바노 가즈미가 본 것은 무엇일까.

'철퇴의 유다'가 주장하는, 그리고 검은 어린양들이 신봉하는 검은 메시아를 본 것일까.

왜 그것을 '괴물'이라고 불렀을까. 왜 자기 얼굴과 똑같이 생겼다고 말했을까.

나도 절실히 알고 싶었다.

4

나는 필요한 조사를 통해 필요한 자료를 수집했다. 일월의 차량 추락사고에는 수수께끼 같은 건 없다. 불행한 사고였을 뿐이다.

사진 촬영을 위해 현장을 찾았다. 데라시마 씨와 가즈미가 서 있던 장소에서 주차장을 올려다보며 카메라 렌즈를 맞췄다.

보수한 흔적마저 희미해진 곳에는 '검은 메시아'의 모습은 보이지 않았다. 시바노 가즈미의 얼굴을 한 괴물은 보이지 않았다. 현상한 사진에도 의심되는 것은 찍히지 않았다.

데라시마 씨와는 자주 연락했다. 조사가 진행되는 상황을 보고한다는 것은 이유일 뿐, 현재 시바노 가즈미가 어떤 상태인지 궁금했다.

조금 기운이 없다고 한다. 지금도 보호사의 집에서 컴퓨터 사용을 금지당해서 가끔씩 인터넷 카페에 출입해 〈검은 메시아와 검은 어린양〉 사이트를 감시하는 모양이다.

"몇 번 물어봤는데 가즈미가 그놈들 이야기는 하려고 하지 않아요. 그 얘기는 하기 싫어하면서 화제를 돌리더군요."

―이제 괜찮아요, 아버지.

"확인할 순 없어도 태도를 보면 알 수 있지요. 나하고 밥을 먹다

가도 한 번씩 생각에 잠겨서는."

 가즈미의 생활에 특별한 변화는 없고 일에도 문제가 없다고 한다. 오월의 연휴에는 일 박짜리 사원여행이 예정되어 있는데, 사장도 의욕이 넘치고 가즈미도 그 여행을 꽤 기다리는 눈치라고 한다.

 "내가 쓸데없는 짓을 한 것이라면 좋겠습니다. 그 아이가 진심으로 괜찮다고 한 거라면 다행이겠는데."

 괜찮을 리 없다. 그는 분명 무엇인가를 봤다.

 무엇을 봤을까. 궁금했다. 그래서 시간을 두고 기다리기로 했다. 좀 더 그럴듯한 모습으로 시바노 가즈미와 만나기 위해.

 오래 기다릴 필요는 없었다. 흐린 하늘 아래 벚꽃이 필 때쯤, 또 다른 사건이 발생했다.

 존속살인이었다. 시내의 공공주택 단칸방에 사는 중학교 1학년 소녀가 식칼로 엄마를 살해했다. 편모 가정으로 단둘이 살면서 생활과 교우 관계에 참견하는 엄마가 귀찮았다고 한다. 엄마만 사라지면 편히 살 수 있을 것 같았다고 소녀는 살인 동기를 밝혔다. 시바노 가즈미처럼 냉정하지는 못했을 것이다. 가즈미만큼 어휘가 풍부하지도 못했을 것이다. 하지만 솔직하고 주눅 들지 않는 점에서는 가즈미보다 한 수 위였다.

 얼마 후면 소녀도 반성하게 될 것이다. 후회하며 울음을 터뜨리게 될 것이다. 죽은 엄마에게 용서를 구하게 될 것이다. 반드시 그렇게 될 것이다. 이런 사건에서는 당연한 결과다.

 '철퇴의 유다'는 이 사건을 보고도 침묵했다. '검은 메시아의 조화'라고 하지 않았다. 그런데 어린양들 사이에서 반응이 일어났다.

「이것도 조화가 아닐까?」

「우리가 검은 메시아의 행위를 분간할 수 있는지 없는지 시험받고 있는 게 아닐까?」

「이 여자애는 엄마에게 자기 인생을 지배당했던 거잖아? 노예처럼 묶여 있던 거야. 나처럼.」

조화다, 조화다, 조화다. 이런 속삭임이 사이트 전체로 퍼져 갔다. 나는 가만히 지켜보았다. 시바노 가즈미도 나처럼 보고 있을 것이다.

―자기들만이 진실을 안다고, 정의를 행할 수 있다고 생각하는 사람들은 결국 그렇게 되어 버린다구요.

그렇다. 이것이 그 증거다. 유다는 침묵하고 있지만, 이만큼 화려한 표현형의 사건이라면 어린양들도 간과할 수가 없다. 맹신, 또는 망신(妄信)은 어느 단계부터 자립해서 전에 없던 생물이 된다. 사이비 종교 교조가 때때로 신자들과 함께 파멸하는 원인은 제어할 수 없게 된 신앙심에 먹혀 버렸기 때문이다.

검은 어린양들에게 '철퇴의 유다'는 더 이상 필요 없다.

데라시마 씨에게 연락했다. 시바노 가즈미를 만나게 해 달라고 부탁했다.

"여중생 사건으로 동요하고 있을 겁니다. 지금 만나면 효과가 있어요."

데라시마 씨는 동의했지만, 가즈미와 단둘이 이야기하고 싶다고 하자 거세게 반대했다.

"당신 한 사람에게 맡길 수는 없어요!"

"아드님에겐 아버지가 없는 편이 이야기하기 쉬울 겁니다."

"그럼 가즈미에게 당신을 어떻게 설명하라는 겁니까?"

"있는 그대로 사실을 이야기하세요."

"그랬다간 가즈미가 당신을 만나려고 하지 않을 텐데요."

그렇다면, 하고 내가 말했다.

"아드님에게 전해 주세요. 나는 그가 본 것의 정체를 알고 있다고. 그게 뭔지 가르쳐 줄 수 있다고."

"당신—."

알아냈습니까, 라고 말하는 데라시마 씨의 목소리가 갈라졌다.

"제일 먼저 아드님에게 알려야 합니다. 그럴 권리와 자격이 있으니까요."

시바노 가즈미는 나의 제안을 받아들였다.

스물여섯 살이 된 시바노 가즈미는 연약한 소년에서 훤칠한 청년이 되었다.

단정한 용모다. 미용실이 아니라 동네 이발소에서 자른 것으로 보이는 산뜻한 머리에 복장도 수수하다. 귀걸이도, 목걸이도 없다. 그렇더라도 어딘지 사람의 눈길을 잡아끄는 개성이 있다. 그의 과거를 모르는 사람이라면 음악가나 화가, 혹은 소설가처럼 어떤 형태의 창작을 지향하는 섬세한 젊은이로 보였을 것이다.

"딱 두 시간입니다." 데라시마 씨가 말했다. "오늘은 가즈미랑 제가 외출한 걸로 되어 있습니다. 정확히 두 시간 후에 데리러 올 겁니다."

"걱정하지 않으셔도 돼요, 아버님."

우락부락한 부분이 전혀 없는 얼굴은 어머니에게서 물려받았으리라. 데라시마 씨를 닮지는 않았다. 그래도 부자는 목소리가 비슷했다. 전화상으로는 구별하기 힘들 것 같다.

"영화라도 보고 와요. 나중에 사장님이 무슨 영화를 봤냐고 물으셔도 곤란하지 않게."

"이야기가 끝나고 같이 보면 돼."

청년이 쓸쓸하게 웃었다. "하지만 아버지, 그때까지 시간을 보낼 데가 없잖아요?"

"그런 건 걱정하지 않아도 돼."

아들에게 등을 떠밀리면서도 데라시마 씨는 연신 뒤를 돌아보며 내 사무실을 나갔다.

시바노 가즈미는 아버지처럼 사무실을 둘러보며 나의 신뢰도를 뒷받침할 만한 증거를 찾거나 하지는 않았다. 권하기 무섭게 소파에 앉는다. 긴장했다거나 불안해 보이는 기색도 아니다. 오히려 방금 나간 아버지에게 문제가 있어 치다꺼리를 하러 온 아들처럼 보였다.

"여자 조사원은 아직 많지 않죠?"

두툼하게 묶은 서류 파일을 손에 들고 책상 앞에 서 있는 나를 올려다보며 묻는다.

"그렇지도 않아요. 이 업계도 남녀고용기회균등법이 철저하거든요."

우스갯소리인데 웃지 않았다. 그런가요, 하고 고지식하게 반응

한다.

"정말 조사원이신가요?"

"왜 그런 걸 묻죠?"

"실제로는 카운슬러나 정신과 의사 아닌가요?"

내가 대답하지 않고 고개를 갸웃하며 쳐다보자 청년은 눈을 깜빡이며 시선을 떨어뜨렸다.

"왠지 그런 느낌이라서. 조사원 같은 사람으론 보이진 않아요."

"지금까지 카운슬러나 의사 선생님은 여러 번 만나 봤겠지만, 조사원 같은 사람은 처음일 텐데, 어떻게 알 수 있죠?"

청년은 솔직했다. 죄송합니다, 라고 사과했다. "실례되는 말을 했군요."

"괜찮아요, 신경 쓰지 않아도 돼요."

시바노 가즈미는 결심한 듯 고개를 들고 나와 내 손에 들린 파일을 바라보았다.

"아버지에게 '내가 본 것의 정체를 안다'고 하셨다는 말을 듣고 그렇게 생각했습니다."

"내 대사가 카운슬러나 의사들이 하는 말 같았다는 뜻인가요?"

"그런 셈이죠."

"그럼 물어보죠. 카운슬러나 의사였다면 당신이 본 것의 정체를 뭐라고 했을까요?"

시선은 움직이지 않았지만 눈동자의 초점이 일순 벗어나는 것이 느껴졌다. 자기 내면을 들여다봤으리라.

"환각입니다."

냉정한 목소리였다. 열네 살에 그랬던 것처럼.

"아버지가 걱정하실까 봐 말하지 못했어요."

"그래서 이젠 됐다, 아무래도 상관없다고 말했나요?"

표정을 바꾸지 않고 고개만 끄덕인다.

"옛날에도 가끔 이런 일이 있었어요. 사건을 저질렀을 때도."

"있지도 않은 게 보였다?"

"현실에는 분명 없는 것인데 거기 있는 것처럼 보일 때가 있습니다."

"예를 들어?"

"음식이라든가."

즉답이다.

"케이크나, 빵 같은 거요. 먹으려고 손을 뻗으면 손에 잡혀요. 그런데 입에 넣을 수는 없어요. 그러면 제정신을 차리죠. 이건 현실이 아니라고."

그는 어린 시절 내내 굶주렸다.

"그 후로도 학교 선생님이 아파트 현관에 서 있다든가, 우리 집 앞에 경찰차가 서 있고 경찰들이 우르르 내린다든가. 그때의 내가 그랬으면 좋겠다고 생각하는 것들이, 있지도 않은 것들이 보였어요."

그는 구조되기를 간절히 갈망했다.

"나를 본 적도 있습니다. 내 몸이 천장 높이로 떠올라 어머니와 그 사람, 나를 내려다보고 있었어요."

"그 사람이라면 가시와자키 노리오인가요?"

대답 대신 고개를 저었다. "내 몸에서 영혼만 빠져나가 공중에 떠오르는 기분이었어요. 그런 일은 불가능하니까 환각이었겠죠."

그런 체험을 하게 되었을 때 그와 어머니, 가시와자키가 무엇을 하고 있었는지, 또는 그가 무엇을 강요당하고 있었는지 궁금했지만 묻지 않았다.

유체이탈은 일정한 조건하에서 건강한 사람이라도 경험할 수 있다. 하지만 시바노 가즈미에게 이것은 일종의 긴급 피난이자, 경도의 괴리 증상이었으리라. 그가 처한 가혹한 상황을 생각하면 얼마든지 가능한 이야기다.

"누군가에게 얘기해 봤어요?"

청년은 약간 주저했다. "경찰에겐 말하지 않았습니다. 변호사님에게만 살짝."

"정신감정을 받았죠, 그때?"

"그때도 조금만. 자세히 얘기했다간 거짓말처럼 들릴 것 같아서."

"거짓말을 한다고 생각되는 게 싫었나요?"

"그게 제일 싫었습니다."

"당시 당신은 그런 판단을 할 수 있었군요?"

"그렇다고 정상이었다는 건 아닙니다."

내가 자기를 비난했다고 느낀 듯 목소리가 높아졌다.

"의료소년원에서 분명히 알게 되었습니다. 거기서 도움을 많이 받았거든요. 그래서 이번에도 상담하러 가 볼까 고민했습니다."

"의료소년원에?"

"네."
"아버지와 보호사에게는 알리지 않고?"
"제 문제니까요."
"또 환각이 보인다고?"
"그렇습니다."

망설임 없는 표정이다.

"당신에겐 보였는데 아버지에겐 보이지 않았다, 그래서 환각이라고 판단한 거죠?"

두세 번 성급하게 끄덕인다.

"왜 다시 환각이 보였을까요? 지금의 당신은 생활이 안정되어서 마음도 평온할 텐데요."

시바노 가즈미는 조금 머쓱해했다. "알고 계시겠지만 그 사이트 때문이에요."

"검은 메시아와 검은 어린양들의 꾸민 이야기에 영향을 받았다?"

"감화되었다고 할까, 감염되었다고 할까."

"왜 당신이 감화되어야 하죠? 하찮은 망상이잖아요. 그 사이트에 모인 사람 중 진심인 사람이 몇 퍼센트나 될지 모르잖아요?"

청년은 대답하지 않았다. 초점이 불현듯 흔들린다. 어깨를 떨어뜨리고 중얼거렸다. "나는 아직 정상인이 아니에요. 그래서 검은 어린양이라든가 하는 사람들을 걱정할 자격이 없어요. 그들을 막는다거나 그들의 생각을 바꾸고 싶다는 건 말도 안 되는 자만심이죠."

"그래서 아버지에게 무리라고 말했군요."

나는 책상을 돌아 그에게 다가가 파일을 내밀었다.

"차멀미해요?"

파일을 받던 시바노 가즈미가 멍청한 얼굴로 나를 쳐다본다.

"달리는 차에서 글씨를 읽으면 속이 메스껍거나 하지는 않아요?"

그는 파일을 보고 말했다. "괜찮을 거라고 생각하지만."

"그럼 갑시다."

책상 밑에서 핸드백을 꺼냈다.

"낡은 코롤라_{도요타에서 생산하는 자동차}지만 시내를 슬슬 달리는 정도라면 문제없어요."

엉겁결에 자리에서 일어난 시바노 가즈미가 묻는다. "어디로 가는데요?"

"중2 여학생이 자기 어머니를 찔러 죽인 현장입니다. 현재 어린양들의 핫뉴스이기도 하죠. 가서 확인해 보고 싶지 않아요? 또 환각이 보이는지."

문으로 걸어가며 덧붙였다. "그 파일은 조사보고서예요. 일월 십구일 주차장에서 급발진 사고로 사망한 남성과 유족에 관한 겁니다."

최근에 개축된 사 층짜리 공공주택이었다. 크림색 외벽엔 때가 묻지 않았고, 창틀 새시는 은색으로 빛났다.

사건이 벌어진 모녀의 방은 전부 열 채의 공공주택을 지나는 이차선 도로와 접해 있다. 거기에 차를 세웠다.

일요일 낮이라 사람들 왕래가 잦다. 단지 내에 놀이터가 있는지 바람을 타고 아이들 목소리가 들려왔다. 변덕스러웠던 날씨도 주말을 맞아 쉬기로 작정한 듯 하늘이 맑고 바람도 없다. 화단에는 튤립과 삼색제비꽃이 피어 있다.

오는 길에 조수석에서 파일을 읽은 시바노 가즈미는 멀미 같은 건 하지 않았다. 그래도 안색이 창백해 보이는 이유는 파일에 적힌 내용 때문이리라.

차에서 내릴 때 그는 약간 비틀거리며 차체에 손을 짚었다. 세차하지 않은 동체에 희미하게 손가락 자국이 찍혔다.

현장 검증은 이미 끝났고, 출입금지 조치도 해제되었다. 하지만 모녀의 집 문 앞에는 여전히 노란색 테이프로 둘러져 있었다. 바깥 복도의 콘크리트 난간 때문에 정면에서는 테이프가 보이지 않았지만 바깥 계단 쪽에서 보자 테이프에 인쇄된 검은 글자까지 읽을 수 있었다.

햇빛이 들이쳐 나는 이마에 손을 얹었다. 핸드백에 선글라스를 넣는 것을 깜빡했다.

시바노 가즈미는 빈손으로 서 있다. 방금까지 그가 읽던 파일이 조수석 시트 위에 흩어져 있다.

"—뭔가 보이나요?" 내가 먼저 물었다.

비상식적이고 추잡한 말이라도 들은 것처럼 험악하게 인상을 구기고 청년은 천천히 고개를 비틀어 나를 보았다.

"당신 얼굴을 한 괴물이 보이나요?"

나는 모녀의 방문을 바라보며 다시 물었다. 옆얼굴에 그의 비난

하는 듯한 시선이 느껴졌다.

"주차장에서 고개를 들었더니 그게 보였다고 했죠? 이번엔 어때요?"

안 보입니다, 라고 중얼거린다. 희미하게 떨리는 목소리였다. 이들 부자는 목소리가 떨리는 것까지 비슷하다고 생각했다.

"환각이었다면 여기서도 보였어야 하는데"라고 말했다. "이것도 검은 메시아의 조화라고, 당신도 그렇게 생각했잖아요. 그러니 메시아의 모습이 보여야 해요."

시바노 가즈미는 대답하지 않고 조금 전 내가 그랬듯 이마에 손을 얹고 모녀가 살던 집 방문을 바라보았다. 한 손으로는 모자랐는지 양손으로 햇빛을 가리며 한동안 응시했다.

"안 보이죠? 그만 됐어요. 안 보이는 게 정답이니까."

나는 핸드백에서 파일 하나를 꺼내 그에게 건넸다.

"이건 모녀 사건에 관한 조사보고서예요. 모친의 사체검안서도 입수했어요."

떨리는 손으로 파일을 받았지만 쉽게 열어 보지는 못한다.

"다 읽어 보라는 게 아니에요. 한 페이지만 봐도 됩니다."

시장기를 느껴 음식에 달라붙듯 그의 눈이 출력된 문자를 삼키기 시작했다.

"저 방에서 자기 엄마를 죽인 소녀는 악명 높은 불량 소녀였어요."

재차 핏기를 잃어 가는 시바노 가즈미의 옆얼굴을 바라보며 말했다.

"여러 번 경찰 지도를 받았고, 학교에서는 등교정지 처분도 받았어요. 공립학교에서는 심각한 말썽이 아닌 한, 그런 조치는 취하지 않아요."

시바노 가즈미는 살해된 어머니의 사체검안서를 펼쳤다.

"거기 쓰여 있죠? 어머니 몸에서 일상적으로 구타당한 흔적이 남아 있어요. 화상과 골절이 회복된 흔적도 있고요. 저 문 안쪽에서 학대받던 사람은 딸이 아니라 어머니였어요. 딸의 문제 행동을 어떻게든 막으려고 필사적으로 노력했던 어머니였어요."

그러므로 이번 사건은 '검은 메시아'의 조화가 아니다.

"철퇴의 유다는 그것을 알고 있었습니다. 그래서 어린양들에게 말하지 않았어요. 이 사건을 지목하지 않았던 거죠."

그런데도 어린양들은 멋대로 소란을 피우며 이 사건도 조화라고 믿어 버렸다.

모독이다.

"일월 십구일의 주차장 사건과는 달라요. 그 사건은 진짜 조화였어요. 조화라는 말 뜻대로 그 사건이야말로 진짜 조화였어요. 그래서 당신은 '검은 메시아'를 보았죠. 그에게 초대되어 그의 모습을 보게끔 허락받은 겁니다."

곧바로 나는 세차게 고개를 흔들어 내가 한 말을 부정했다.

"아니요. 제가 잘못 말했어요. 당신이 거기서 본 건 메시아가 아니었어요. 메시아는 당신이니까. 당신이 본 건—."

신이에요. 나는 말했다.

"복수의 신, 정의의 신. 마음대로 불러요. 학대받은 어린양들을 구원하고, 사악한 자에게 심판을 가하는 존재, 철퇴의 유다가 도래를 기다리고 있는 바로 그 존재죠."

시바노 가즈미의 손에서 파일이 떨어졌다. 발밑에서 흩어진 파일을 멍하니 바라보던 그가 나에게 질문했다.

"—당신은 누구죠?"

머리가 좋은 젊은이다. 이 얼마나 총명한가. 그래서 메시아가 된 것이다.

나는 그의 눈을 들여다보며 말했다.

"내 이름은 유다스 마카베우스."

나는 '철퇴의 유다'다.

데라시마 씨에게 거짓말은 하지 않았다. 시바노 가즈미가 사건을 일으켰을 무렵에는 이 일을 하지 않았다. 시내의 어느 대형 정보회사에 입사한 것은 십 년 전 일이다. 독립해 사무소를 꾸린 지는 칠 년이 되었다.

데라시마 씨에게 거짓말은 하지 않았다.

다만 말하지 않은 것이 있을 뿐이다. 나는 시바노 가즈미 사건을 알고 있다. 그냥 알고 있는 정도가 아니라 아주 잘 기억하고 있다. 하나에서 열까지 안다고 해도 과언은 아니다. 사건 당시부터 그랬던 것은 아니다. 사무소를 차리고 이 일을 계속하면서 나의 내면에서 무언가가 마모되었다고 느꼈을 때 우연히 데루무가 쓴 글을 보았다. 데루무가 자신에게 동조하는 자들을 규합해 사이트를 만든 것을 알고는 계속 그들의 동태를 지켜보았다.

그동안 나는 거기서 환상을 보았다. 어린양 대다수보다 내게 절실한 환상이었다.

조사원으로 일한 지 삼 년밖에 되지 않았으면서 나는 무모하게 독립했다. 잘할 수 있다고 자신해서가 아니다. 내가 권한을 갖지 못하고서는 올바르게 해결할 수 없는 사건이 너무 많다는 것을 알았기 때문이다.

정보회사에서 일할 때부터 아이들과 관련된 사건을 담당했다. 내가 여자였기 때문이다. 당시의 상사도 여자인 내가 적임자라고 판단했을 것이다.

실제로 나는 꽤 유능했다. 조사원으로서 성실하기도 했다. 그런 만큼 답답했다. 그래서 주위의 충고를 뿌리치고 독립했다. 도신육영회의 하시모토 이사를 만난 것은 큰 행운이었다. 처음부터 목적이 있어 만난 건 아니었다.

청소년 사건은 대부분 학교나 가정에서 발생한다. 학교와 가정은 이 세상에서 가장 굳게 닫힌 밀실이다. 제삼자의 눈으로 봤을 때 밀실에서 일어난 사건은 피해자와 가해자가 분명해도 결말은 늘 애매모호하다. 구원받아야 될 자가 구원받지 못하고 상처는 그대로 방치된다. 가해자는 보호를 받아 제재받지 않는다.

나는 그것을 견디지 못했다. 독립하기만 하면 상사의 명령에 따라 중간에 조사를 중단하거나, 공적 기관에 통보하지 않고 사건을 마무리 짓는 일은 더 이상 없을 것이라고 생각했다.

그게 나의 잘못된 생각이었다. 귀찮게 참견하는 상사는 사라졌다. 오직 나만이 나의 상사다. 그러나 나는 여전히 일개 조사원에 불과했다. 왕따 실태를 조사해 달라던 학교가 내가 알려 준 사실을 은폐하기로 하면, 저항할 방법이 없었다. 교사의 폭력을 조사한 경우에도 마찬가지다. 학생이 부모에게 학대받는 것 같으니 조사해 달라는 의뢰를 받고 당사자인 아이에게서 결정적인 증언을 끌어내도, 아이의 동의 없이는 내 마음대로 고발할 수 없다. 의뢰인이 아이와 부모 모두에게 동등한 교육과 보호가 필요하다고 하면 학대의 실상을 폭로할 수도 없게 된다.

정의 같은 건 없었다. 오직 무사안일이다. 피로 이어진 부모와 자식 사이의 정을 맹신하는 성선설뿐이다.

죄악이 지상을 활보하고 있다. 정의의 가치는 티끌보다 가벼웠다.

내가 패잔병처럼 느껴졌다. 그것뿐이라면 좋다. 사실을 알면서도 아무 말 못하는 상황이 이어지자 마치 나 자신이 공범인 것처럼 생각되었다. 그런 기분이 무엇보다 힘들었다.

바로 그때 데루무의 글을 보았다. 〈희생되는 어린양〉을 알게 된 것이다.

처음부터 그들을 어떻게 하겠다고 생각한 건 아니다. 어떻게 할 수 있다고도 생각지 않았다. '철퇴의 유다'를 자처하며 어린양 앞에 나타난 것은 멈춰 버린 내 인생과 단 한 번도 충분히 수행된 적 없는 내 안의 정의를 위로하고 싶어서였다. 기분 전환에 불과했다.

'검은 메시아'가 나타나 내가 꿈꾸는 정의를 실현해 준다는 이야기. 그렇게 말하면서 내 안에 쌓여 있던 분노를 달랬다.

그런데 그들이 믿기 시작했다.

그들의 믿음이 내게는 힘이 되었다. 나는 계속 이야기하고 계속 속였다. 내 말이 거짓이라는 것은 자각하고 있었다. 인터넷에 글을 올리고, 사람들을 속이면서도 내 안에서 그것들이 진실로 둔갑하는 일은 없었다. 나는 그 정도로 어리석지 않다. 내 이야기가 현실을 바꿔 줄 것이라고는 단 일 초도 기대한 적이 없다. 사기는 머잖아 관둘 생각이었다. 슬슬 적당한 시기가 된 것 같아 어떻게 사라질지 궁리하고 있었다. 그 이유는 시바노 가즈미가 두려움에 떨며 지적한 대로였다. 어린양들이 유다의 통제에서 벗어나 자기들끼리 폭주하기 시작해서다.

그런데 데라시마 씨가 나타났다.

시바노 가즈미가 나타났다.

그때까지 나는 현실 속 그를 몰랐다. 보도된 것 이상은 몰랐다. 지금 어디서 어떻게 살고 있는지 몰랐다. 알려고 하지도 않았다.

내 이야기 속에서 그는 매우 특별한 존재였다. 그가 현실 속 희생자였고, 사건을 일으켜 나름의 정의를 행사했기 때문이다. 그러나 법정에서 재판을 받고, 치료와 훈련을 받고, 재차 교육받아 사회에 복귀한 소년A에게는 용건이 없다. 정의를 행사한 후에 '개심'하고, '갱생'을 선택한 전직 소년A에게는 볼일이 없었다.

그렇게 생각하고 있었는데.

시바노 가즈미가 '검은 메시아'를 보았다.

기도가 이루어졌다. 이야기가 현실이 되었다.

"철퇴의 유다는 근거가 있어서 '이건 조화다'라고 말했던 게 아닌가요?"

현실에서 일어난 사건에 학대받은 자와 악마의 하인이라는 구조를 내 마음대로 적용시켰을 뿐이다.

"앞뒤 사정이 분명한 사건은 빼고 그럴듯해 보이는 사건을 적당히 고른 거예요. 그렇잖아요? 아무리 내가 조사한 사건의 경과가 불만이라도 인터넷에 올릴 수는 없어요. 나는 그 사이트에 현실적인 기능을 요구한 게 아니에요. 그저 내 상상을 이야기해 스트레스를 해소했던 겁니다."

시바노 가즈미의 얼굴에 그늘이 진다. 태양이 그의 등 뒤에 있다. 그런데 왜 그는 눈을 가늘게 뜨고 눈부신 것을 보듯 나를 쳐다보는 걸까.

"그런데 주차장 추락사고는 달랐어요."

나는 쭈그려 앉아 그가 발밑에 떨어뜨린 파일을 주워 조수석 창문 안으로 던졌다.

"조사보고서가 제법 자세했죠? 어제오늘 급하게 만든 게 아니거든요."

반대로 여중생이 모친을 살해한 사건은 조화인지 아닌지 확인하기 위해 급하게 조사했다. 시바노 가즈미가 검은 메시아를 목격한 이상 가짜 조화는 더 이상 필요 없었다. 그래서 여중생의 행적을 어린양들에게 보여 주지 않았다.

"주차장 사고는 유족—정확히 말하면 죽은 회사원의 아내가 내 의뢰인이었어요."

그녀가 나의 사무실을 찾은 것은 작년 여름의 한창 더울 때였다.

—남편이 딸한테 이상한 짓을 하는 것 같아요.

딸이 심신의 균형을 잃고 학교에도 안 가려고 한다. 심한 섭식장애가 있고, 항상 겁에 질려 있다.

—지난번에 겨우 얘기를 해 줬는데 남편이…… 아빠가 싫은 짓을 한다고 울면서.

믿을 수 없다고 그녀는 말했다. 딸의 머리가 이상해진 게 아니냐고 했다.

—이런 것도 조사해 주시나요? 딸이 하는 말이 진짜인지 알고 싶어요. 저는 아무것도 할 수 없으니까.

아무것도 할 수 없는 그녀 대신 내가 나섰다. 피해자인 딸과도 만났다. 시간을 들여, 마음을 다해 소녀의 입이 열릴 때까지 기다렸다.

소녀에게서 진실을 듣고, 의료기관의 진단서도 확보했다. 하지만 조사보고서를 다 읽은 어머니가 말했다. 여전히 못 믿겠다고.

—이제 됐어요.

가정문제니까 가정에서 해결하겠다, 다른 사람이 범인인지도 모른다, 어쩌면 내 딸은 당신 같은 조사원까지 속일 만큼 자기가 만들어낸 거짓말에 도취되어 있는지도 모른다, 그래서 자기 자신을 속이고 있는 것이다.

내가 반박하자 그녀는 화를 냈다. 자기 가정을 무너뜨리지 말아 달라고 울었다. 당신 같은 사람에겐 그럴 권리가 없다면서.

이번에도 물러나야 했다. 나는 그저 조사원일 뿐이니까. 비밀 보호라는 의무에 철저히 묶여 있는 조사원이니까. 포기할 수 없었지만 물러나야 했다.

"그래서 추락사고가 일어나 그 남자가 죽었을 때."

'철퇴의 유다'는 믿고 싶어졌다. 이것이야말로 조화가 아닌가. 내가 만든 거짓이 진실로 거듭난 것이 아닌가, 하고.

"그래도 우연일 뿐이라는 생각에는 변함이 없었어요. 다만 세상은 아직 쓸 만하구나. 우연이 정의를 행사할 때도 있으니까."

친딸을 건드릴 만큼 정신의 균형을 잃어버린 남자가 액셀과 브레이크를 혼동해서 실수를 저질렀다. 크게 이상한 일도 아니다.

"하지만 데라시마 씨가 나타났습니다. 당신에 관해 이야기해 주었어요. 그리고 모든 게 달라졌어요."

나는 시바노 가즈미에게 미소를 보여 주고 싶었지만 그러지 못했다. 존귀한 자에게 웃음을 짓다니, 그야말로 불손이 아닌가.

"일월 십구일 그 주차장에서 최초의 조화가 이루어진 이유를 알고 있나요?"

당신이 그 사이트를 보았기 때문이다.

"당신이 '검은 메시아'의 존재를 알게 되고, '검은 어린양들'을 알게 되었기 때문이에요."

이야기가 완성되었기 때문이다.

어린양들의 목소리가 메시아에게 닿은 것이다.

그리고 신이 탄생했다.

"당신은 메시아가 되었어요."

그리고 나는 예언자다.

"당신이 본 건 신입니다."

당신이 낳은 신이라고 시바노 가즈미에게 말했다.

"아니야." 그가 말했다. 그늘이 진 얼굴로 시바노 가즈미는 눈을 크게 떴다.

"당신이야말로 제정신이 아니야."

"왜죠? 당신은 봤을 텐데. 당신 얼굴을 하고 있는 신을."

메시아 앞에 모습을 드러낸 신의 모습을.

"최초에 말씀이 있었다." 나는 계속 말했다. "그렇다면 말에서 신이 태어날 수도 있다는 뜻이지."

일찍이 인간은 믿었다. 신이 세계를 창조했다고. 그러다 어느 순간 말했다. 신은 죽었다고. 그래서 세계와 인간만이 존재한다고.

신이 죽을 수 있다면 다시 태어날 수도 있다. 신이 없는 세계에서 인간이 신을 잉태하면 된다. 지금이야말로 말이라는 '정보'를 본떠 만들어진 이 세계에 '정보'에 의해 창조된 신을 만들어야 한다.

지상을 살아가는 우리의 키에 어울리는 새로운 신을.

나는 그에게 한 발 다가갔고, 그는 나에게서 한 발 물러났다. 한 발, 두 발, 세 발. 비틀거리며 낡은 코롤라를 붙잡고 간신히 중심을 잡는다.

"미쳤군. 그런 일이 가능할 리 없어."

"가능해." 나는 대답했다. "얼마든지 가능해. 앞으로도 조화는 계속 일어날 거야. 당신이 뭐라고 하든, 무엇을 하든."

이미 메시아와 예언자의 역할은 끝났다. 신이 지상에 나타났으니 우리는 그를 우러러보는 것으로 족하다.

"가르쳐 줘."

시바노 가즈미에게 손을 내밀었다. 애원하듯 손을 뻗었다.

"당신이 본 신은 어떤 모습이었지? 당신의 얼굴을 하고 있었다며. 당신 눈으로, 어떤 식으로 당신을 보았지?"

나는 '철퇴의 유다'. 메시아의 모습을 볼 수 있다. 그러나 신의 모습을 볼 수 있는 것은 오직 메시아뿐.

"가르쳐 줘."

시바노 가즈미의 눈이 다시 한 번 가늘어졌다. 내 손을 본다. 눈부신 것이 아닌 역겨운 것을 보는 것처럼.

"틀렸어."

다시 한 번 그렇게 말하고 몸을 돌려 내 손을 뿌리쳤다. 그러고는 곧장 등을 돌려 도망친다. 뛰어간다. 따뜻한 햇살 아래를, 온화한 휴일의 마을을, 나의 메시아가 내게서 도망치고 있다.

누구도 신에게서는 도망치지 못한다.

나는 평온하게 차오르는 환희를 느꼈다.

당신은 보게 될까? 언제쯤 보게 될까? 새로운 신, 나를 예언자로 만든 시바노 가즈미의 얼굴을 하고 있는 우리의 신을.

어제 데라시마 씨가 사무소에 들렀다. 걸어서 온 것도 아니고 달려 온 것도 아니다. 이성을 잃고 사무소에 뛰어들었다.

가즈미가 죽었다고 외쳤다.

"사원여행에 간다더니 그곳에서 열차에 뛰어들었어!"

그는 아버지에게 유서를 남겼다.

—아버지, 슬퍼하지 마세요.

나는 그를 보았다. 부정할 수 없다. 괴물을 봤다. 환각이 아니다.

그리고 또 다른 가족 살인사건이 일어났다. 그 현장에 가 보았다.

―거기서도 봤습니다. 역시 보였습니다.

검은 어린양을 찾아가는 신을 보았다고 시바노 가즈미는 유서에 썼다.

조화다. 조화가 이루어지고 있다.

―그건 나였어요. 그래서 결심했습니다. 이렇게 할 수밖에 없습니다. 그와 하나가 되어야 합니다.

내가 죽으면 그와 하나가 될 수 있어요. 이 몸을 버리면 그에게 갈 수 있어요.

―내가 그에게 가면 모든 사람들이 그를 보게 될 거예요. 그는 나니까. 나의 일부이자 나의 전부니까. 내가 지은 죄이며, 내가 행한 정의니까.

―그렇게 되면 아버지, 모두가 그를 멈출 수 있어요. 더 많은 조화를 저지르기 전에.

"가즈미에게 무슨 짓을 한 거야? 내 아들을 어떻게 한 거냐고? 무슨 말을 했어? 대체 뭘 보여 줬어?"

데라시마 씨가 덤벼들었다. 엎치락뒤치락하다가 사무소 벽에 부딪히고 의자를 넘어뜨렸다. 우산꽂이로 썼던 항아리가 쓰러졌다. 요란한 소리와 함께 깨졌다. 나는 그 파편 위로 넘어졌다.

그때 보았다.

데라시마 씨는 문을 닫지 않았다. 항아리 조각이 복도에까지 튀었다.

그중 한 조각을 무언가가 밟았다. 그것은 깊은 곳에서부터 천천히 빛을 깜빡이며 한없이 변화하고 있었다.

소리는 나지 않는다. 무게도 느껴지지 않는다. 단지 거기에 있다. 천천히 한 걸음씩 사무소로 걸어온다.

내 눈앞에 나타났다.

무수한 빛의 덩어리. 사람의 형태를 하고 있지만 사람은 아니다. 부풀었다가 가라앉는 윤곽에서도 희미한 명멸이 반복되고 있다.

미세한 빛의 단편들이 만들어 낸 사람의 형태. 그 속에는 난무하는 단편적인 빛의 숫자만큼의 사람 얼굴이 있다.

희생자인지도 모른다. 가해자인지도 모른다. 어린양들인지도 모른다. 어른도, 아이도, 남자도, 여자도 모두 다 거기 있다.

그들의 눈, 그들의 입, 목소리는 들리지 않는다. 아무런 말도 하지 않는다. 그저 거기 있으면서 꿈틀거린다. 표면에 나타났나 싶으면 물러나고, 다시 떠올랐다가 사라진다.

그 속에서 나는 열네 살의 시바노 가즈미를 보았다. 그가 주차장에서 본 얼굴이다. 그가 괴물이라고 불렀던 얼굴을 보았다.

그것을 밀어젖히듯 내가 알고 있는, 나를 부정한 청년 시바노 가즈미의 얼굴이 나타났다.

그는 신 안에 있다.

가즈미—. 데라시마 씨가 신음했다. 바닥에 주저앉아 있던 그가 명멸하는 빛의 덩어리에, 그 속에 있는 사람들 얼굴에 손을 뻗었다. 끌어안으려는 것처럼.

나도 손을 뻗었다.

신도 나에게 손을 뻗었다.

손이 닿았다. 사람인 나의 손과 신의 손이 맞닿았다.

"가즈미!"

데라시마 씨가 절규하며 빛의 덩어리에 돌진했다. 그대로 꿰뚫고 나갔다. 무수한 빛들이 사방으로 흩어졌다. 사람들 얼굴이 사라졌다.

강림은 일순간에 끝났다. 가즈미의 이름을 부르는 데라시마 씨의 오열만이 남았다.

당신은 보게 될까? 언제쯤 보게 될까? 새로운 신을. 무수한 빛과 사람들의 얼굴을.

그 후로 나는 생각한다. 계속, 계속 생각한다.

나는 유다, 철퇴의 유다. 신의 도래를 기다리며 신의 말씀을 위탁받은 예언자.

하지만 그날 내 손에 닿은 신은 이렇게 말씀하셨다. 나는 신의 목소리를 들었다.

—틀렸어.

나는 예언자였던 걸까, 죄인이었던 걸까. 말이 신을 만든다면, 사람이 신을 만든다면 사람은 신을 쓰러뜨릴 수도 있는 걸까. 신의 잘못을 메시아가 바로잡을 수도 있는 걸까.

시바노 가즈미가 신을 부정한다면 나는 나를 예언자로 만들어 준 신을 지켜내야 한다. 그러기 위해서는 신과 싸워야 한다. 신과 시바노 가즈미는 하나니까.

나는 철퇴의 유다. 혹은 배신자 유다.
신에게 접촉한 나의 손바닥에는 핏빛 멍이 새겨졌다.
죄인의 낙인일까.
아니, 틀렸어. 나는 믿는다. 나는 예언자다. 나의 신의 예언자다.
나의 신이여, 나는 믿고 있습니다. 이 손에 새겨진 피의 표식은 성흔이 틀림없다고.

★ 역자 후기 및

미미여사

현대물 깔때기

【역자 후기】

 미야베 미유키는 일본과 국내에서 가장 사랑받는 작가 중 한 명이다. 팬들에게 일명 '미미여사'로 불리는 그녀의 작품은 발간과 동시에 베스트셀러가 되고, 영화와 드라마로 숱하게 재생된다. 그 같은 힘의 근원이 무엇인지 예전부터 궁금했다. 그리고 이번 작품 『눈의 아이』를 번역하면서 그에 대한 답을 조금은 찾은 것 같다는 생각이 들었다.
 추리소설은 기본적으로 개인의 심리를 추적하는 데서 출발한다. 한 인간의 생각과 감정이 어떤 행동을 낳는가, 그에 따른 결과로서 주변에 어떤 파장을 일으키는가를 묘사하고 관찰하는 것이 추리소설의 근간이다. 개인이 거대한 공동체에 얼마만큼의 영향력을 행사할 수 있는가, 라는 호기심에서 추리소설이 태어났다고 봐도 무방하다.
 여기서 한 발 더 나아가 반대편 노선은 어디로 가는 길인지를 궁금하게 여긴 작가들이 있었다. 쉽게 말해 사회가 한 인간을 어디까지 변화시킬 수 있는지를 확인해 보고자 시도한 작가들이다. 이들이 쓴 소설을 흔히 '사회파'라고 부른다.
 지금껏 나는 미야베 미유키를 사회파의 대표적인 작가로만 알았다. 에도시대의 괴담소설을 연상시키는 『안주』나 『흑백』에서도 미야베 미유키의 '사회파적' 모태는 숨길 수가 없었기 때문이다.

하지만 『눈의 아이』를 통해 그녀가 바라보는 '사회'의 일면을 엿보게 되면서 생각에 변화가 있었다. 미야베 미유키가 현재 살고 있는 '사회', 그녀의 눈으로 바라보는 '사회', 작품으로 형상화시키는 '사회'는 소설 속 주인공 그 자체다. 좀 더 부연하자면 주인공과 같은 모습으로 작품의 시대 배경을 살아가고 있는 조연들이다. 그들의 만남에서 파생되는 각자의 감정과 생각, 시시각각 점화되는 극단적인 감정의 변화야말로 그녀가 생각하는 우리 '사회'의 진짜 모습이다.

정치 시스템, 경제적 환경, 도쿄와 에도, 살인사건은 말 그대로 배경에 지나지 않는다. 그 안에서 마주치는 사람, 그 밀착된 관계야말로 미야베 미유키가 그려내려는 '사회'의 진짜 모습이다. 이름 모를 다수, 혹은 공권력의 거대한 음모가 아닌 너무나 자주 마주쳐서 속속들이 다 알고 있는 옆집 아이, 한동안 연락이 끊긴 삼촌, 어린 시절 끔찍이 아꼈던 토끼인형, 사춘기에 접어든 딸, 인터넷에 같이 악플을 달던 익명과의 만남……. 우리 모두의 생활에서 언제 일어나도 이상할 게 없는, 때로는 그런 일이 있었다는 것조차 의식하지 못하고 지나치는 그 흔한 마주침 속에서 미야베 미유키는 '사회'의 진짜 모습을 읽어낸다. 우리는 그녀의 시선을 따라 나의 발밑을 바라보게 되고, 거기서도 똑같은 일이 반복되고 있었음에 충격을 받는다. 카타르시스다.

그런 의미에서 『눈의 아이』는 치밀한 구성과 엄청난 스케일의 인물과 검은 권력의 유착이 전무함에도 불구하고 그녀의 소설 중에서도 가장 충격적인 '사회파' 소설이라고 부를 만하다. 이 소설의 등장인물은 바로 나 자신이며, 사건의 단초는 바로 우리가 제공한 것이기 때문이다.

  그러하기에 미야베 미유키의 작품 중에서도 독특한 위상을 지닌다. 작가의 소설을 기다려 온 독자들에게 신선하면서도 짙은 여운과 불온함을 한가득 안겨 줄 수 있는 또 하나의 추천작이라고 생각한다.

김 욱

【편집자의 작은 즐거움】

간혹 "북스피어에서 나온 미야베 미유키의 책은 전부 몇 종이나 되나요"라는 질문을 받을 때가 있습니다. 작년에는 "글쎄요, 대략 스무 종쯤 되지 않을까 싶은데"라며 말을 흐렸던 기억이 납니다. 일월에 질문을 받았을 때도 스무 종, 십이월에 질문을 받았을 때도 스무 종. 믿기지 않으시겠지만 매번 질문을 받은 시점에, 그때까지 만든 미야베 미유키의 책이 몇 권인지 기억하지 못했습니다.

헤아려 보니 미야베 미유키 소설의 한국어판을 만들기 시작한 지도 팔 년 가까이 지났습니다. 이 글을 쓰고 있는 지금은 『눈의 아이』 출간을 앞두고 있습니다. 그래서 이번 참에 세어 보기로 했습니다. 무슨 대단한 일이라도 하는 것처럼. 전부 스물네 종. 미야베 월드 1막(현대물)이 열세 종, 미야베 월드 2막(시대물)이 열한 종. 당신이 들고 있는 『눈의 아이』는, 그러니까 북스피어에서 나온 스물다섯 번째 책입니다.

꽤 많습니다. 복기가 필요하다고 느꼈습니다. 지난번에 『안주』를 펴낼 때는 미야베 미유키 작가를 만나서 시대물을 중심으로 훑어 보고 《Le Zirasi》 3호에 썼으니까, 이번에는 현대물만 떠올려 보기로 합니다. 창문으로 들어오는 따뜻한 햇살을 받으며 어떤 방식이 좋을까 작가 파일을 이리저리 뒤적이다가 소설을 편집하는 과정에서 발췌해 놓았던 몇몇 구절과 마주하게 되었습니다. 다시 봐도, 정말이지 좋은 문장들입니다.

당신은 어떻게 느끼는지 모르겠지만, 저는 미야베 미유키의 소설들을 '문장의 보고寶庫'로 인식하고 있습니다. 『외딴집』같은 책은, 따로 저장해 둔 문장만으로 단편 소설 하나 분량이 나올 정도입니다. 재미있는 것은, 처음 모니터로 초교를 읽었을 때는 이렇다 할 생각 없이 지나쳤는데 두 번째 프린터로 출력해서 원고를 보는 동안에 어떤 부분이 눈에 띄기도 하고, 인디자인으로 작업한 교정지를 따라가다가 마음에 드는 대목을 발견하는 경우도 있다는 겁니다. 마침내 책으로 나왔을 때, 그때쯤이면 이미 서너 번 읽은 후임에도 갈무리해 두고 싶은 문장이 튀어나오곤 합니다. 모니터로, 교정지로, 책으로, 여러 차례 다른 형태의 같은 원고를 되풀이해서 읽다가 전에 간과했던 문장에 배어 있는 또 다른 맛을 비로소 인지하는 것, 그것은 어쩌면 저와 같은 편집자들만이 맛볼 수 있는 작은 즐거움 가운데 하나가 아닐까 싶습니다.

그래서 몇 종이나 나왔는지 헤아린 김에, '미야베 미유키의 문장들'을 모아 보기로 합니다. 굳이 북스피어에서 만든 책이 아니라도 좋습니다. 그녀의 작품이라면, 어느 것 하나 각별하지 않은 게 없으니까요. 아직 읽지 않은 분은 맥락을 모르니까 어리둥절할 수도 있지만, 책을 읽은 분들이라면 '아아 맞아, 거기에 이런 문장이 있었지' 하고 무릎을 칠 수도 있겠다는 생각이 듭니다. '어라, 이런 문장이 있었나'일까요? 차례랄 것도 없지만, 미야베 미유키의 작품을 전부 읽은 제가 이번 여름휴가 때 시간을 할애해서 처음부터 다시 읽는다면, 먼저 읽고 싶다고 생각한 순서대로 나열했습니다. 만약 이 자리에 여러분이 앉아 있었다면 어떻게 배치했을지. 아래 문장을 보고 책을 읽을 당시의 느낌을 떠올리며, 나중에 기회가 생겼을 때 저에게도 당신의 순서를 들려주시겠습니까.

편집자 김홍민

:: 누군가

어린애는 모든 어둠 속에서 괴물의 모습을 찾아낸다. 불쑥 내 머릿속에 그런 말이 떠올랐다. 어디서 읽은 구절일까? 육아 관련 책인가? 그래서 부모들은 애들이 뭔가를 두려워할 때 무시하고 웃어넘겨서는 안 된다.

믿을 수 없을 정도의 행복 속에서 그것을 빼앗기지 않을까 불안해하지 않고 살기 위해서는 얼마만큼의 배짱이 필요한 걸까. 그게 양동이 하나의 분량이라고 한다면 내가 가지고 있는 건 한 컵 정도밖에 되지 않는다. 이 컵이 양동이로 자라리라는 전망도 없다. 결혼한 지 칠 년. 나는 언제나 내 컵을 소중히 들고 다녔다. 작지만 전혀 없는 것보다는 낫다.

나도 언젠가 이제 가정을 꾸리려고 하는 젊은 남녀 앞에서 나호코를 팔꿈치로 톡톡 치며 "이 사람이 젊었을 때는 말야" 하는 식으로 말할 수 있게 될까?

나와 아내는 사이좋은 부부인데, 어째서 매사에 우리들도 언젠가 이렇게 될 수 있을까 하는 생각을 할까. 나와 나호코 사이에 있는 무엇인가가 나에게 의문을 품게 만드는 것일까.

나도 사토미와 마찬가지로 소심한 인간이다. 언제나 뒤를 돌아보고, 뭔가에 쫓기는 게 아닌가 두려워하고 있다.

어째서일까.

사토미는 과거가 무섭기 때문이다.

나는 현재의 행복이 무섭기 때문이다.

:: 이유

노부코는 언젠가 국어선생님이 했던 말을 떠올렸다. 사람은 '보다'라는 단순한 동작을 못한다고 한다. 사람이 할 수 있는 것은 '관찰하다', '내려다보다', '재보다', '노려보다', '쳐다보다'처럼 특정한 의미가 있는 눈동자 동작뿐이고, 그냥 단순히 '본다'는 동작은 할 줄 모른다는 것이다. 과연 노부코를 포착한 된장국 아저씨의 눈동자는 그가 아니면 의미를 알 수 없는 어떤 움직임을 보여주고 있었다.

사람을 사람으로 존재하게 하는 것은 '과거'라는 것을 야스타카는 깨달았다. 이 '과거'는 경력이나 생활 이력 같은 표층적인 것이 아니다. '피'의 연결이다. 당신은 어디서 누구 손에 자랐는가. 누구와 함께 자랐는가. 그것이 과거이며, 그것이 인간을 2차원에서 3차원으로 만든다. 그래야 비로소 '존재'하는 것이다. 과거를 잘라낸 인간은 거의 그림자나 다를 게 없다. 본체는 잘려버린 과거와 함께 어디론가 사라져 버릴 것이다.

::: **가모우 저택 사건**

역사가 먼저냐, 인간이 먼저냐. 영원한 수수께끼지. 그렇지만 난 이미 결론을 내렸어. 역사가 먼저야. 역사는 자기가 가려는 쪽을 지향해. 그것을 위해 필요한 인간을 등장시키고, 필요 없게 된 인간은 무대에서 내리지. 때문에 개개의 인간이나 사실을 대체하더라도 상관없는 거야. 역사는 스스로 보정하고 대역을 세우면서 사소한 움직임이나 수정 등을 모두 포용할 수 있거든. 그러면서 내내 흘러가는 거지.

시간 여행자인 내가 저질러 온 모든 일을 용서할 수 있을지도 모른다. 모든 악행을, 모든 잘못을 용서할 수 있을지도 모른다. 나는 인간이 될 수 있다. 가짜 신이 아닌, 아주 평범한 인간으로. 역사의 의지 따위는 몰라도 그 흐름에 몸을 맡겨 열심히 살아가는 인간으로. 하루 앞을 몰라 자신의 목숨을 귀하게 여기는 인간으로. 내일 만날 수 없을지도 모를 이웃의 어깨를 두드리며 함께 웃을 수 있는 인간으로. 그게 얼마나 소중한 것인지 모르는 채 남들과 다를 바 없는 용기를 지니고 역사를 헤엄쳐 가는 인간으로.

::: **화차**

특히 젊은 사람들이 이런 속임수에 걸려들기 쉽습니다. 소비자신용은 젊은 층 이용자 개척에 힘을 쏟고 있으니까요. 어느 업계나 마찬가지겠지만, 기업은 고객에게 달콤한 말밖에 안 합니다. 이쪽이 현명해지는 수밖에 없어요. 그런데 현 상태에서는 그 부분이 뻥 뚫려 있는 겁니다. 대형 도시은행에서 학생용 신용카드를 발행한 지 올해로 딱 이십 년째인데, 그 이십 년 동안 어느 대학교가, 고등학교가, 중학교가 이 신용사회에서의 올바른 카드 사용법을 지도했습니까? 그것이야말로 지금 당장 시작해야 하는 일인데 말이죠. 도립 고등학교에서는 졸업을 앞둔 여학생들을 모아 메이크업 강습을 하는 모양인데, 그렇게 멋을 부릴 여유가 있으면 신용사회로 나가는 데 필요한 기초 지식을 가르치는 강습도 같이 해야 옳은 거 아닙니까?

자기에게 닥친 상황을 그런 형태로밖에 '해소'하지 못하는 인간이 있단다. 사토루에게 그렇게 말해 봐야 아직은 이해하지 못할 것이다. 그러나 이삼 년 후에는 확실하게 가르쳐줘야 한다. 앞으로 너희가 맞닥뜨리며 살아가야 할 사회에서는 '내가 원하는 모습이 될 수 없다', '원하는 것을 가질 수 없다'는 울분을 폭발적으로, 난폭하게 해소해서 범죄까지 저지르는 인간이 넘쳐날 거라고.

그 속에서 어떻게 살아가야 할지, 그 해답을 찾으려는 시도는 이제 겨우 실마리만 잡은 상황이라고도.

::**낙원**

아카네는 강한 에너지와 지나칠 정도로 예민한 감성을 지니고 있었다. 아카네의 자아의 중심에는 한결같은 욕구가 있었다. 그 어느 것이나, 잘만 펼치면 아카네가 남들 못지않은 성숙한 여성으로 커가는 데 도움이 될 만한 요소였을 것이다.

하지만 물질적인 것만 중시하는 향락의 시대는 아카네의 어린 생각으로는 도저히 감당해 낼 수 없을 정도로 많은 정보를 제공했다. 지름길만이 정답은 아니라는 인생의 소박한 진리를 아카네의 머리와 마음이 채 이해하기도 전에, 아카네의 욕망은 아카네라는 인간 존재 그 자체를 앗아가 버렸다.

지금 당장 맛볼 수 있는 즐거움을 누리고 싶다. 즐기고 싶다. 다른 건 상관없다. 즐기지 않고서야 살아가는 것에 무슨 가치가 있지? 실제로 세상에는 즐기면서 사는 사람들이 넘쳐나잖아.

하지만 결국, 그래서 아카네는 무엇을 했나? 학교를 빼먹고 시게라는 불량소년과 연애놀이에 빠진 게 다였다. 그건 15년도 전의 중학교 3학년 학생에게는 대단한 향락이었을 것이다. 하지만 아카네가 그토록 동경하고 갈망했던 그 시대의 향락은 그런 정도가 아니었을까? 그런데—,

그것을 분간하지 못했다. 아카네는 어렸다.

그날 밤 목숨을 잃지 않았다면, 아카네는 언젠가 깨달았을까? 그런 자신의 어리석음을, 낭비한 시간이 얼마나 소중하고, 돌이킬 수 없는 것인가를. 시간을 낭비하기는 너무도 쉽다. 그 잃어버린 시간을 되찾으려 할 때, 비로소 사람들은 그 엄청난 금리에 놀라는 것이다.

::우리 이웃의 범죄

세상에는 불공평한 일 따위는 얼마든지 있다는 사실 말이다. 선생님도 부모님도 "노력해라, 노력하면 보답받을 거야"라고 하지만, 말하는 목소리에 힘이 실려 있지 않은 이유는 본인들 삶 주변에서도 비슷한 일이 잔뜩 있기 때문이리라. 그런 것도 모르고 "노력하자, 노력하면 보답받지 못할 일은 없어"라고 진지하게 받아들이며 자라 버리면, 어른이 되고 나서 자기를 차고 월급을 더 많이 받는 남자와 결혼해 버린 옛 애인을 죽여서는 보스턴백에 쑤셔 넣어 내다버리는 전개가 되는 거다.

추리 소설 속에서 벌어지는 범죄는 결국에는 반드시 해결된다. 즉, 그것을 꾀한 범인 측에서 보자면 실패함으로써 범죄는 완결된다. 추리 소설에 적힌 범죄를 실행하면 반드시 실패하게 된다는 말이기도 하다. 슈헤이뿐 아니라 추리 소설을 쓰는 사람이란, 늘 그 범죄가 실패하도록 범인이 어딘가에서 허점을 드러내도록 신중하게 배려하며 이야기를 만들어 가는 법이다. 그런 식으로 머리를 훈련하고 힘껏 기술을 연마하는 인종을 보고 절대로 간파당하지 않을, 실패하지 않을 범죄를 생각해 내라고 요구하는 건, 소쿠리를 만드는 장인에게 나무통을 만들라고 하는 얘기나 마찬가지인 셈이다.

:: 레벨 7

닭과 달걀이다. 어느 쪽이 먼저지? 어린 시절의 다케조가 자신이 착한 아이가 되고 싶어 하며, 장난친 죄를 누군가 다른 친구에게 덮어씌운 게 발단일까. 아니면 두뇌가 명석하고 '착한 아이'인 다케조를 주위에서 시기하며 약간 따돌린 것으로부터 모든 게 시작되었을까?

어느 쪽이든 먼 옛날 일이다. 과거의 아픔을 파헤쳐 내는 것으로 현실의 범죄를 상쇄시킬 수는 없다. 비록 다케조가 정말로 '바보 취급당하고' 있었다 할지라도 어떤 형식으로든 '바보 취급당하면서' 자란 사람은 그 외에도 얼마든지 있다. 어떠한 영문인지 미움받는 놈으로 되어 버린 인간도 있다. 잔뜩 있다. 마치 제비뽑기에서 꽝을 뽑는 사람 쪽이 압도적으로 많은 것처럼.

그러나 그런 사람들이 모두 '바보 취급당했으니까'라고 하면서 살인을 저지를까?

말도 안 된다. 결국은 전부 변명이다. 거꾸로 된 논리가 아닌가.

면허를 따고 처음 차를 운전했더니 갑자기 누가 부딪쳐 왔고, 게다가 상대가 마음대로 죽어 버린 거나 마찬가지다. 논리적으로 말하면 이쪽은 나쁘지 않지만, 나쁘다고 생각하지 않아도, 미안하다, 제 탓입니다, 라는 얼굴을 하지 않고는 살아갈 수 없게 되었다.

∷ 쓸쓸한 사냥꾼

그동안 가게가 큰 적자를 내지 않고 굴러갈 수 있었던 것은 오로지 가바노 유지로가 생전에 확보해 둔 손님들이 좋은 사람들이었다는 사실과 '즐거움을 주는 책만 취급한다'고 하는 경영 방침 덕분이었으리라.

책이란 함부로 남에게 선물하는 게 아니지. 뭔가를 준다고 하는 것은 강제하는 일이기도 하잖아? 관심 없는 물건이라면 받는 입장에선 오히려 부담이지. 대개 책을 좋아하는 사람이라면 남에게 권하기는 해도 선물은 하지 않는 것 같은데.

"한동안 시간을 가져 보세요, 아저씨"라며 이런 경우에는 누구라도 할 만한 소리만 했다. 연애 문제에 관해서는 누구와 의논을 하더라도 다들 뻔한 대답밖에 하지 못한다. 왜냐하면 이런 일에 책임 있게 대답을 할 수 있는 사람은 없기 때문이다. 따라서 안전면도기 같은, 어떻게 되건 문제가 없을 온화한 어드바이스를 할 수밖에 없다.

:: 이름 없는 독

이 넓은 세상에는 우리의 상식 범위 안에서는 이해할 수 없는 사고를 가지고, 그 사고에 따라 행동하는 사람들이 우리가 막연히 예상하는 것보다 훨씬 많다. 특히 도시에서 살아가다 보면 싫어도 깨닫게 된다. 하지만 그런 사람이 이렇게 폭발적으로, 바로 옆에 출현하게 되면 아무래도 어떻게 반응해야 좋을지 모르게 된다. 화가 나면서도 공포를 느끼게 된다. 하지만 그런 감정을 구체적으로 어떻게 액션으로 연결해야 좋을지 알 수가 없다.

우리 집에 오염은 없었다. 집 안은 청결했다. 계속 청결할 거라고만 믿었다. 그렇게 믿고 있었다.

하지만 그건 불가능했다. 사람이 사는 한, 거기에는 반드시 독이 스며든다. 왜냐하면 우리 인간들이 바로 독이기 때문에.

겐다 이즈미에겐 독이 있었다. 하시타테에게도 독이 있었다. 하시타테는 그 독을 밖으로 뿜어내 없애려 했다. 하지만 독은 없어지지 않았다. 다만 어처구니없게도 다른 사람의 목숨만 빼앗고, 그의 독은 오히려 더 강해져 그를 더 심하게 괴롭혔을 뿐이다.

겐다 이즈미는, 그녀의 독은 그녀 자신을 침식시키지는 않았던 걸까? 그녀의 독은 한없이 증식하기 때문에 아무리 토해내도 마르지 않는 걸까.

그 독의 이름은 무얼까.

옛날, 정글 어둠속에서 날뛰던 짐승의 송곳니 앞에서 초라한 인간은 무력하기 짝이 없었다. 하지만 어느 날 짐승이 잡혀, 사자란 이름이 붙여지면서부터 인간은 그 짐승을 퇴치하는 방법을 짜냈다. 이름이 붙여지자 모습도 없던 공포에는 형체가 생겼다. 형체가 있는 것이라면 잡을 수도 있다. 없앨 수도 있다.

나는 우리 안에 있는 독의 이름을 알고 싶다. 누가 내게 가르쳐다오. 우리가 품고 있는 독의 이름이 무엇인지를.

∷ **마술은 속삭인다**

"마모루, 자물쇠라는 건 말이지, 다름 아닌 사람의 마음을 지키는 거란다."

네 아버지는—할아버지는 슬픈 듯이 말했다.

"자물쇠를 따는 기술이 있는 사람이 아니었어. 여벌 열쇠 하나도 혼자서 못 만드는 사람이었지. 그런데도 해서는 안 될 짓을 하고, 다른 사람의 돈에 손을 대고 말았어. 그건 많은 사람들이 맡겨 놓은 마음의 자물쇠를—그걸 '신용'이라고 부르는 사람도 있다만—멋대로 여는 짓이었지.

네 아버지는 나쁜 사람이 아니었어. 그저 약했을 뿐이지. 슬플 정도로 약했지. 그 약함은 누구에게나 있는 거야. 네 안에도 있어. 그리고 네가 네 안에 있는 그 약함을 깨달았을 때 '아아, 아버지랑 똑같구나' 하고 생각하겠지. 어쩌면 부모가 그러니까 어쩔 수 없다고 생각할 때도 있을지 몰라. 세상 사람들이 무책임하게 '피는 못 속인다'는 말을 하는 것처럼 말이야. 할아버지가 무서워하는 건 그거란다."

"꼬마야, 난 너보다 네 배 이상이나 되는 세월을 살아왔어. 그리고 알게 된 사실이 하나 있지. 어느 세상에나, 진정한 악인이라는 게 분명히 존재한다는 거야.

다행스럽게도 그들은 절대적인 수가 적어. 그들만으로 할 수 있는 일은 고작해야 뻔하지. 진짜 문제는 그런 그들을 따라가는 자들이야. 연인 장사만이 아니란다. 흔해 빠진 악질적 금융 범죄도, 그걸 생각해 낸 몇 안 되는 사람들만으로는 성립하지 않아. 그걸 성립시키고, 실행하고, 만연시키는 건 더 많은 추종자들이지. 거기에서 무슨 일이 벌어지고 있고, 자신이 어떤 역할을 하고 있는지 충분히 알고 있으면서도, 막상 때가 되면 도망칠 길을 찾을 수 있는 자들이야. 악의는 없었다, 몰랐다, 나도 속고 있었다, 사정이 있어서 돈이 꼭 필요했다, 나도 피해자다―변명, 변명, 끝없는 변명이지."

∷ 대답은 필요 없어

어떻게도 할 수 없는 일은 있어.
태어났을 때부터 따라붙어 다니는 읽기 힘든 희귀한 성姓처럼.
아무리 연습해도 극복할 수 없는 서투름과 같이.
어쩔 수가 없는 것은 있어.

그래도 알아 줬으면 좋겠어. 같은 정원에 심을 수 없다는 사실에 대해 내가 쓸쓸해한다는 것을. 전화를 끊은 뒤 너는 그것을 알아들었을까?

그것을 알고 싶어. 하지만 아는 것은 무서워.

∷ 지하도의 비

"지하도의 비라."

아사코는 몸에서 접시를 떼고 그녀 쪽으로 돌아섰다.

"계속 지하에 있으면 비가 내려도, 줄곧 내려도 전혀 눈치채지 못하지? 그런데 어느 순간 별생각 없이 옆 사람을 보니 젖은 우산을 들었어. 아, 비가 내리는구나, 그때 비로소 알지. 그러기 전까지 지상은 당연히 화창하리라고 굳게 믿었던 거야. 내 머리 위에 비가 내릴 리가 없다고."

어수룩하지, 하고 그녀는 말했다.

"배신당할 때 기분이랑 참 비슷해."

∷ 고구레 사진관

그런데 요즘 들어 다시 슬금슬금 되살아나는 것 같았다. 처음부터 아예 '재미 삼아' 하는 거라고 익스큐스를 끝낸 텔레비전의 버라이어티 프로그램이나 명백하게 픽션인 영화가 단서가 되었다. 70년대 당시의 열광과는 다른 종류의 좀 더 오락에 가까운 취급 방식이긴 하지만 여전히 심령사진이나 심령 영상은 존재하며 사진에 유령이 찍히는 일이 있다는 '상식'도 건재하다. 요즘에는 오로지 인터넷으로만 정보가 퍼져나가 도시 전설화하는 패턴이 많다고 한다.

에이이치는 생각했다. 그것은 이제 '그렇게 생각하고 싶어 하는' 인간의 천성이 만들어 낸 행위라고 말할 수밖에 없다. 과학은 과학대로 존중하고 그 혜택을 입으면서도, 인간은 사진이라는 기록 매체에 '유령'이 찍히는 일도 있다고 믿고 싶어 하는 것이다. 부분적인 사고 정지다. 그 크기나 감도는 제각각이지만 인간은 누구나 이런 사고 정지 스위치를 가지고 있다. 평생 동안 안 누르는 사람이 있는가 하면, 뭔가 구체적인 '증거'를 보여주면 곧바로 눌러버리는 사람도 있다. 그것은 아마도 그 스위치가 지금으로써는 유일하게 일상 속에서 사후 세계의 실재를 믿는 것과 깊게 연관되어 있기 때문이 아닐까? 죽음 이쿨 무가 아니라는 것에 대한 믿음. 아니, 기대라고 하는 게 나을까?

:: 스나크 사냥

아 참, 『스나크 사냥』이란 이야기 아세요? 이것도 슈지 씨가 해준 이야기예요. 루이스 캐럴이란 사람이 쓴 아주 이상한, 긴 시 같은 건데 스나크라는 것은, 그 이야기에 나오는 정체를 알 수 없는 괴물 이름이에요.

그리고 그걸 잡은 사람은 그 순간에 사라져 버리죠. 마치 그림자를 죽이면 자기도 죽는다는 그 무서운 소설처럼.

그 이야기를 들었을 때 저는 생각했어요.

오리구치 씨는 오오이 요시히코를 죽이려고 했다. 오오이를 '괴물'이라고 생각했기 때문에, 그래서 총을 들어 그의 머리를 겨누려 했다. 하지만 그 순간 오리구치 씨 스스로도 괴물이 되었다.

오리구치 씨만이 아니다. 게이코 언니는 부용실 밖에서 총을 들고 있을 때 괴물이 되었다. 제가 그 편지를 쓰면 언니가 와 줄 거라고 생각했을 때, 오빠의 결혼식이 엉망이 되면 좋겠다는 생각을 했을 때, 나는 괴물이 되었다. 오빠는, 고쿠부 신스케는 언니를 죽이려 했을 때 괴물이 되었다.

슈지 씨는—슈지 씨도 어느 순간엔가 괴물이 되었다.

그래서 괴물을 잡았을 때, 그리고 사건이 끝났을 때 우리들도 모두 사라져 버리거나, 사라져 가고 있었을 게 아닐까…….

그런 생각이 들어요. 하지만 오리구치 씨 같은 분이 괴물이 될 수밖에 없다는 현실이 너무도 분해요. 잘못은 오리구치 씨나 슈지 씨, 우리들이 아니라 다른 데에 있는 것 같다는 생각이 드는 거예요.

오리구치 씨를 가나자와까지 태워다 준 사람, 맞다. 가미야 씨란 분이에요. 그분도 같은 이야기를 했어요.

"우리는 피해자끼리 서로 죽이고 상처 입힌 것 같다는 생각이 드는군요"라고요.

게이코 언니는 어떻게 생각해요?

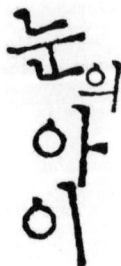

초판 2쇄 발행 2013년 3월 8일

지은이 미야베 미유키
옮긴이 김욱

발행편집인 김홍민 · 최내현
책임편집 안현아
편집 유온누리
표지디자인 이혜경디자인
용지 화인페이퍼
출력 한국커뮤니케이션
인쇄 청아문화사
제본 일광문화사
독자교정 설아라

펴낸곳 도서출판 북스피어
출판등록 2005년 6월 18일 제105-90-91700호
주소 (121-826) 서울특별시 마포구 망원동 513 상암마젤란21 101-902
전화 02) 518-0427
팩스 02) 701-0428
홈페이지 www.booksfear.com
전자우편 editor@booksfear.com

ISBN 978-89-98791-00-1 (04830)
     978-89-91931-11-4 (세트)

책값은 뒤표지에 있습니다.
파본은 구입하신 곳에서 교환해 드립니다.